中国小小说名家档案

错出的姻缘

芦芙荭◎著

吉林出版集团股份有限公司

总　策　划：尚振山
策划编辑：东　方
责任编辑：杨　洋
封面设计：三棵树
版式设计：麒麟书香

图书在版编目（CIP）数据

错出的姻缘/芦芙荭著. —长春：吉林出版集团

股份有限公司，2010.4

（中国小小说名家档案）

ISBN 978 - 7 - 5463 - 2843 - 0

Ⅰ. ①错… Ⅱ. ①芦… Ⅲ. ①小小说 - 作品集 -

中国 - 当代 Ⅳ. ①I247.8

中国版本图书馆 CIP 数据核字（2010）第 069660 号

书　　名：错出的姻缘
著　　者：芦芙荭
开　　本：710 mm×1092 mm 　1/16
印　　张：12.5
版　　次：2010 年 5 月第 1 版
印　　次：2017 年 6 月第 2 次印刷
出　　版：吉林出版集团股份有限公司
发　　行：北京吉版图书有限责任公司
地　　址：北京市西城区椿树园 15-18 号底商 A222
　　　　　邮编：100052
电　　话：总编办：010-63109269
　　　　　发行部：010-63104979
印　　刷：北京一鑫印务有限责任公司
书　　号：ISBN 978 - 7 - 5463 - 2843 - 0
定　　价：25.00 元

一种文体和一个作家群体的崛起

——《中国小小说名家档案》序

最近几年，由于工作的关系，我开始接触并关注小小说文体和小小说作家作品。在我的印象中，小小说是一种非常古老的文体，它的源起可以追溯到《山海经》《世说新语》《搜神记》等古代典籍。可我又觉得，小小说更是一种年轻的文体，它从上世纪80年代发轫，历经90年代的探索、新世纪的发展，再到近几年的渐趋成熟，这个过程正好与我国改革开放的30年同步。我觉得这是一个非常有意义和非常有意思的文化现象，而且这种现象昭示着小说繁荣的又一个独特景观正在向我们走来。

首先，小小说是一种顺应历史潮流、符合读者需要、很有大众亲和力的文体。它篇幅短小，制式灵活，内容上贴近现实、贴近生活、贴近群众，有着非常鲜明的时代气息，所以为广大读者喜闻乐见。因此，历经20年已枝繁叶茂的小小说，也被国内外文学评论家当做"话题"和"现象"列为研究课题。

其次，小小说有着自己不可替代的艺术魅力。小小说最大的特点是"小"，因此有人称之为"螺丝壳里做道场"，也有人称之为"戴着镣铐的舞蹈"，这些说法都集中体现了小小说的艺术特点，在于以滴水见太阳，以平常映照博大，以最小的篇幅容纳最大的思想，给阅读者认识社会、认识自然、认识他人、认识自我提供另一种可能。

还有非常重要的一点，小小说文体之所以能够迅速崛起，离不开文坛有识之士的推波助澜，离不开广大报刊的倡导规范，离不开编辑家的悉心栽培和评论家的批评关注，也离不开成千上万作家们的辛勤耕耘和至少两代读者的喜爱与支持。正因为有方方面面的共同努力形成"合力"，小小说才得以在夹缝中求生存、在逆境中谋发展。

特别是 2005 年以来，小小说领域举办了很多有影响力的活动，出版了不少"两个效益"俱佳的图书，也推出了一批有代表性的作家和标志性的作品。今年 3 月初，中国作家协会出台了最新修订的《鲁迅文学奖评奖条例》，正式明确小小说文体将以文集的形式纳入第五届鲁迅文学奖短篇小说奖的评奖。而且更有一件值得我们为小小说兴旺发展前景期待的事：在迅速崛起的新媒体业态中，小小说已开始在"手机阅读"的洪潮中担当着极为重要的"源头活水"，这一点的未来景况也许我们谁也无法想象出来。总之，小小说的前景充满了光耀。

在这样的历史背景下，《中国小小说名家档案》的出版就显得别有意义。这套书阵容强大，内容丰富，风格多样，由 100 个当代小小说作家一人一册的单行本组成，不愧为一个以"打造文体、推崇作家、推出精品"为宗旨的小小说系统工程。我相信它的出版对于激励小小说作家的创作，推动小小说创作的进步；对于促进小小说文体的推广和传播，引导小小说作家、作品走向市场；对于丰富广大文学读者特别是青少年读者的人文精神世界，提升文学素养，提高写作能力；对于进一步繁荣社会主义文化市场，弘扬社会主义先进文化有着不可估量的积极作用。

最后，希望通过广大作家、编辑家、评论家和出版家的不断努力，中国文坛能出更多的小小说名家、大家，出更多的小小说经典作品，出更多受市场欢迎的小小说作品集。让我们一起期待一种文体和一个作家群体的崛起！

　　　　中国作家协会党组成员、书记处书记
　　　　　　中国作家协会副主席
　　　　中国作家出版集团管委会主任

目　录

■ 作品荟萃

▌作品评论

▌创作心得

■ 创作年表

心中的风景

闲云是个很可人的女孩，浪漫得如三月的桃花。

一个很偶然的机会，我和她相识了。

我们虽然说同住在这座山城，可并不共一个单位。隔三日五日，闲云便脖项上吊架望远镜，约我爬上山城那幢最高的楼顶上去看景致。

其实，山中并无什么好景致。我常常很失望。

又一日，闲云来约我，白嫩的脖项上，仍吊了那架望远镜。她穿了一件式样新颖别致的新上衣，大红的颜色，如燃着一团火。我一直认为，闲云是我们这座山城顶好的风景了，但我一直不敢说出口。

我们相携爬上楼顶，架好望远镜。

时已入秋，天朗朗得高，山茫茫得远。收割了庄稼的田野，陡地瘪了下去，像是刚生过孩子的女人，很憔悴，又很迷人。

久住烦闹的都市，心如同干枯的庄稼。我们轮番着走近那架望远镜，渴望能找到一块属于它的风景。

就在这时，闲云"啊"的一声惊叫，声音抖抖，很激动。

当时，我正看见一块地畔旁的一棵树上拴着一只羊，那羊已将小树四周的草吃空成一个圆，它正挣扎着把嘴伸向圆外。

我便走近闲云。

我问她怎么了，一惊一乍的？

闲云说，你猜猜我看到了什么了？一对情侣，他们正在对面的平梁的那棵大树下的草坪上卿卿我我呢。

听了这话，我迫不及待地把双眼捂向那架望远镜。

那平梁真是个好地方呢。大树旁，一块宽宽绰绰的草坪。灿烂的阳光铺上去，铺出一片金黄。草坪的周围，被秋霜杀过的枫叶，编织成了一个巨大的花环。若真允许我再谈一次恋爱的话，我别无选择地去那儿。

可我很失望，我并没有发现闲云说的那对正卿卿我我的情侣。

闲云却说，是有一对情侣的。那男的穿着灰西服，女的头发很黑，穿一领耀眼的红风衣。起初，他们躺在草坪上，后来。那女的坐在了男的腿上。再后来，两人扭作一团，在草坪上死去活来地翻滚。

我真的什么也没有看到？我怀疑我的眼睛是不是出现了什么问题。

隔几日，我们相约再去那幢楼房的顶端看风景。

闲云又一次惊呼起来。这一次，她说她看见那对情侣正在那块草坪上野餐呢。你看呀，多有意思了，他们各人手中都捏一把汤匙，可他们舀了食物却彼此都送进了对方的嘴里。多么的温馨和浪漫呀！说着，闲云的眼里鼓涌出了许多让人迷恋的温柔来。她是被那对情侣感染了。

我用千分之一秒的速度冲向了那架望远镜，可我除了看见一只可爱的野兔一跳一跳地从草丛中跑掉外，仍是什么也没有看见。我的心里不免生出了许多恐慌来。

末后的一个周末，一个阳光很好的日子，我和闲云兴兴头头地沿着山上那条曲曲折折的毛毛路，爬沟坎，钻刺架，攀上了那个平梁。闲云说过，或许上了那里就能见到那对情侣呢。

等我们上到了那里时，我们才发现，那草坪真的好大呀，那棵树，那棵我们在望远镜里一次次见到过的树，此时却是另一番风景：满树的枝，满树的叶，满树的鸟影，好生地热闹。

可那里并没有情侣。

秋天的阳光很暖和，我们在草坪上躺了下来。我在想，我为什么一直都没有见到闲云见到了的那一对情侣呢？那该是多么甜蜜而幸福的一对呀！

我这样想着时，目光便顺着草丛漫过去。这时，我的眼前突然燃起了一团火——我看见闲云穿着那件红色的风衣，正卧在我眼前的草坪上用火辣辣的目光看着我，我的心猛然间突突地跳了起来，眼前的画面，不正是闲云一次次向我描述的她在望远镜里看到的场景吗？没有风，我却看见那团火却越烧越旺，一直烧到了我的心里。

错出的姻缘

瓦每天都要去一趟邮电所，如同日出日落一样，很准时的。在这个偏僻的小镇上，瓦是个很了不起的人物。连同脚跺一跺小镇就得晃三晃的镇长也得高眼看他呢。

瓦是小镇中学的语文老师。人长得很一般，书也教得很一般。为人处事迂腐呆板，不善辞令，可瓦却能写文章。虽说每隔三月五月，人们方会在省市报上读到他写的豆腐块文章，但在大家的眼里，瓦是个何等了得的人物！

瓦日日去邮电所，一是想看看当日的报纸；二呢，是将新近写的文章寄出去，顺便再看看以前投出去的稿子是否有了回音。

当然，瓦每日去邮电所，还有一个更重要的、不可告人的秘密，那就是他看上了所上刚刚从邮电学校分配来的那个小妞。小妞叫姣，人长得很标致。瓦每次去了，姣总是从繁忙中抬起头来，对他表示善意地一笑。瓦觉得那笑很有意味，像那雨后天晴的太阳一样灿烂。瓦的心就被那笑一次次打动了。再来时是，瓦等姣灿烂地笑过之后，就无话找话地与姣搭讪几句。

瓦说："在你们这单位真好！每日的报纸、刊物都是你们先看。"

"是吗？"姣说这话时，目光便偷偷探过来看一眼瓦的脸。

瓦就再无话可说了，拿了报纸做了贼似的匆匆逃脱。

瓦再来，仍就是说那一句话。说过几回，瓦就觉得再这样说就没有多大意思。他便挖空心思想把话往深处说。但每天上班时间，来来往往的人很多。瓦就想：现如今的女孩脾性古怪，当了许多人面说其他的话，弄不好碰钉子。那就更没意思了。瓦也曾想过，等下午或其他时间找姣聊聊。

可去过一次两次，发现姣的房间里总有三个五个的男孩捷足先登。那些男孩在姣的面前很随便，嘻皮笑脸地说话，朗声地笑，响亮地唾痰，眼睛蚊子似的在姣身上飞上飞下。瓦就感到自卑和猥琐。瓦就待不下去了。

又一回，瓦去取报取信，姣喊住了他，说有他一张汇款单。

"又是稿费了。你真了不起呢！"姣两眼放射出一种羡慕的光。温柔得很。姣将汇款单要递给瓦时，忽然就缩了回去："这次你得请我的客呢。"

瓦听了这话，当下心里高兴得如同喝了蜜。转天下午，瓦果真在小镇餐馆里请了一桌。瓦本想只请姣一个人，却又怕别人眼里搁不住，就同请了学校几位老师。

瓦与姣有了这次交往，按说彼此更加亲近了，可恰恰相反，以后再去邮电所，心里越发紧张、不自在。瓦心里很矛盾。他既想早些让姣知道他的心思，却又怕这层窗纸被捅破，夫妻不成，反把友情也给搭进去。

瓦想来想去，便写了一封感情真挚而言语缠绵的求爱信。瓦却没有这个勇气当面将这信交给姣。等礼拜天回到城里，写了城里家的地址把信寄出去。

瓦把信寄出去，人却再没去取过报纸信件。他暗自算计着日子，转眼一个月过去，却没见姣的回音。这期间他又抱着"豁出去了"的态度又给姣写过两封情书，均如泥牛入海。瓦心里就灰灰地感到了有些后悔和失望。

忽一日，瓦就收到了市报社寄来的样报。他急忙翻开报纸，在副刊头条位置，就看到了他写给姣的三封情书。那信的题头连同姣的名字都没变。很刺眼。瓦很着急，因为当天小镇上的人都纷纷传闻了他发表的情书，而且各种议论纷纷传播开来。

这天晚上，瓦就气冲冲敲响了姣的门。

瓦这一头撞进了姣的门，直到第二天一早才出来。瓦出来时，脸上就有了兴奋的光。

从此，小镇上的男孩再不去姣那儿玩了。

梦中的女孩

他坚信他确实未曾见过那个女孩。可那个女孩却总是出其不意地走进他的梦里。一次两次也罢了，但他却常常在睡梦中见到她。这样，他就觉得事情有些蹊跷了。情窦初开的他预感到，这个女孩冥冥之中与他今后的生活、命运必然有某种联系。

梦中的那个女孩很漂亮，纯情如水的面容、楚楚动人的眸子，以及那一头瀑布般的秀发，即使在他醒着的时候，也是那么清晰地印在他的脑子里，使他时时难以忘怀。

于是，在以后的许多年中，他开始在生活中按图索骥地寻找那位梦中女孩。他到过许多地方，见到过许多美丽的女孩，他上的那所艺术大学里，甚至就云集了全国各地各色美女，可没有一个女孩能如他梦中的女孩那般令他怦然心动。一次次梦见那个女孩，更令他一次次的失望。他知道，那个女孩也许这一生都只能待在他梦里，像画中人似的永远走不进他的现实生活中来了。

那一年冬天，他回到乡下老家时，又梦见了那个女孩。女孩依然是那个样子，依然穿着牛仔裤和鹅黄色的羽绒服，若即若离地站在他眼前不远的地方。醒来后，他听着房外簌簌飘落着的大雪，忽发奇想。第二日一早，他起床后就踏着没膝深的雪专程去了小镇一趟，买回了梦中女孩穿的牛仔裤和鹅黄色的羽绒服。之后，他背上照相机，独自一人跑到山野中，开始用雪为他那梦中的女孩塑像。他弄得极为认真，凭着他艺术高材生的天赋，凭着他对女孩刻骨铭心的记忆，整整花去了大半天工夫，他终于用雪一分不差地塑出了梦中女孩的像。他给女孩穿上了他买来的衣服，又给女孩化了妆，当他确信面前这位女孩就是他梦中的女孩之后，他拿起照相机，从不同的角度，为那女孩拍了照。

天晴了的时候，山野上用雪塑的女孩融化了。但他梦中的女孩却永远留在了照片上，简直可以以假乱真了。他在这许多的照片中挑选了最满意的一张，放大后装进镜框挂在了卧室的墙壁上。朋友们来玩，见了那张照片，忍不住总是要问那镜框里的女孩是谁，他笑笑，避而不答："你们猜？"

朋友们当然猜不着。猜不着他也不揭这个谜。

这个梦中女孩在他的卧室伴他几年后，他已到了做爸爸的年龄了。他不得不和一个现实中极为普通的女孩结了婚。婚后的生活和其他许多家庭一样平淡。只是他的妻子每当闲下来时，看着镜框里漂亮得令人嫉妒的女孩，忍不住总要问他："那个女孩是谁？"初始，妻子问他，他也是笑笑避而不答。他甚至为自己这件艺术杰作而得意。时间长了，他就说了实话："这是我用雪塑的。"妻子当然不相信。雪怎么能够塑出这般活灵活现的女子来？不相信，仍要问。他就唯唯诺诺，不知该如何是好了。妻子见他那样，心里就起了疑心，白天黑夜满脑子装的都是那镜框里女孩的形象。之后，也不知为什么，他们的小日子就开始了磕磕绊绊。再后来，他和妻子终于不明不白就离了婚。妻子临走时，挺着个大肚子，什么也没要，只是脑子里装走了镜框里那个女子的形象。

许多年后，他老了，那依然年轻的梦中女孩伴了他一生。一次下乡采风，他偶然在一个村子的小河边见到一个洗衣的女孩。初见这个女孩，他确实吓了一跳：怎么和他梦中的女孩和他墙上镜框里的女孩长得一模一样？当他随女孩去了女孩的家的时候，他更是吃了一惊。女孩那双目失明的母亲竟是他以前的结发妻子。

爱情树

乡村的秋天很美。收了秋的庄稼地显得空旷而辽远。农夫们吆着牛儿在犁地，很悠闲。远处的天空飘着几朵白云。没有风，泥土的芳香却一阵阵扑鼻而来，令人心旷神怡。

我和美子就这样走过村庄，走过田畴，爬上了通向秃山的那条荒毛之路。树丛间农庄的烟囱散淡着一缕缕炊烟。我和美子的情丝也一缕缕地升起。

其实，我和美子之间的事是没有任何人知道的。我们都是受过高等教育的人，我们之间即使是爱得水深火热，也轻易不会将这种情感溢于言表。况且，我和美子是这所中学的外语教员。我们两个中国人，在这穷乡僻壤里，时常说着外语。我们在校园里几乎不避任何人，都可以用英语交谈、开玩笑，甚至约会和调情。学校里除了我和美子，再没有第三个能听得懂的人。我们之所以很多的时候厮守着一块去秃山，是因为我们需要宁静。

美子是三年前调来的。那时，美子刚结婚。新婚燕尔，美子的丈夫就走了。美子的丈夫长得高大魁梧，在部队服过役。美子和丈夫不能像所有的夫妇那样长期厮守在一块。美子有些寂寞。寂寞的美子就买了许多毛线。美子把她对她丈夫的思念和爱意全织进毛衣里给丈夫寄去。

我的妻子远在几百里之外的城里上班，也有织毛衣的癖好。手很巧，花鸟鱼虫、田园风光她都能织到毛衣上。美子很羡慕，时常就找我穿的毛衣做样子。她也想给丈夫把毛衣织得更好一些。事情的开始就是这样。但慢慢的，我们之间就有了毛衣之外的，比毛衣传情更具体的一些事情发生。我很爱我的妻子，美子也很爱她的丈夫。我们谁也不想因此而毁掉两个幸福的家庭。但随着时间的推移，我发现，我和美子之间也发展得谁也离不开谁了。我们像掉进了一个旋涡潭里，各自都被弄得晕头转向。我们常常爬上秃山，一边情不自禁往那可怕的旋涡里跳，一边又苦苦挣扎，想从那旋涡潭里爬出来。

夏天的时候，妻从几百里外的小县城里给我捎来了一包蜜桃。蜜桃是妻娘家的特产，妻知我最爱吃。我也知道，这也是妻向我传递爱的一种方式。我把妻给我一人的爱和美子分享了。我们坐在秃山上吃着桃，自然又想到了我妻、我、美子以及美子的丈夫之间的事。美子就哭了。她趴在我的肩头哭得昏天黑地。我的心也碎了，我看着地上吃过的桃核，忽然就想到了一个听天由命的办法。

我说，美子，事情到了这个地步，咱听天由命吧。这一毛不拔的秃山从来不长树的，咱现在把这些吃过的桃核埋在这里，如果它能发芽成活，那咱就结合。如果它发不了芽，活不了，那咱就此分手吧。

美子知道我的用意。美子知道这桃是发不了芽的，但还是点了点头和我一块将桃核埋进了秃山上。

这个夏天很奇怪，年年干旱，降水量极少的乡村，在这个夏季里喜逢连阴雨。

雨尚在下时，放暑假了。一纸公文，我和美子都调离了这所乡村中学。

分手时，我们彼此心照不宣。我们没有去秃山上看那桃核是否冒出地面发了芽。我们只是相约，一年后的那个日子再一同去看。

这一年里，事情发生了很大的变化。其间，我和美子还保持每个礼拜通一次信，我们在信里向对方叙说着各自对对方的思恋，叙说着到新单位的各种感受。但渐渐我发现美子的信少了。或许是时间和距离把我们的情感隔断，或许是其他原因，不管我如何猜想，美子写给我的信越来越少，直到后来杳无音信。这是事实。

但是，我没有悔约，一年后的那个日子，我还是去了秃山一趟。我明知那里长不出什么树的，明知我和美子之间情已断，我还是去了秃山一趟。

在秃山上，我没有看见美子，但我却惊喜地发现了一棵桃树。一棵长得枝叶纤弱的小桃树。

午夜热线

"如果我给你四十万块钱，你同意和我离婚不？"

赵闻是在凌晨三点四十二分对他妻子说这句话的。

那天晚上，赵闻躺在床上，辗转反侧怎么也睡不着。后来，妻子醒了，问他身体是不是哪儿不舒服，赵闻突然说出了这样一句话。

赵闻的妻子并没有弄清这句话的分量，以为赵闻又是犯了文人发神经的毛病，嘀咕了一句"你说呢"便翻身睡了过去。

赵闻没说。

赵闻这个想法产生于上周那个周末的午夜。当时，赵闻被市电台邀请去做"午夜情感热线"的嘉宾。赵闻是个作家。虽然依然穷着，却浪得了一些虚名，赵闻被请去的目的就是帮助那些打进热线的听众解开情感的疙瘩，赵闻是很健谈的。由于知识的丰富，反应能力也特强。他能在短时间里，将那些哭着笑着、喜着恨着意乱情迷的打进热线的人说得无话可说，又心服口服。

然而，就在这天晚上的午夜情感热线的节目即将结束时，他接到了一个叫欣欣的女孩打来的电话。叫欣欣的女孩说她是个拥有上百万存款的女孩，为了爱情她和一个自以为靠得住、却一无所有的男孩结了婚。结婚的时间不长，她发现他却在外面与歌厅的坐台小姐一块儿鬼混。女孩一边哭着一边强调："我也是人人见了都说漂亮的呀，他那样做是为啥？"听完女孩的哭诉，赵闻当时心里就想起一首歌："……带着你的嫁妆，一起到这里来。"

也就是从这天晚上开始，赵闻心里便一直在作一种设想，假若那女孩真的带上她的近百万的嫁妆来了，他给妻子四十万块钱，妻子会不会同意和他离婚。

四十万呢！赵闻想。

第二天，赵闻按那个女孩留给他的电话号码，又拨通了女孩的电话。赵闻这次不像在午夜热线时那样，对对方进行劝导，而是一开始就千方百计地表现出一副优秀的样子引诱女孩。赵闻想象自己是一个非常优秀的渔翁，只要一撒网，女孩便像一条美人鱼，就被他网住了，接下来，赵闻就像久旱逢甘露地频频给女孩打电话。大约过了半个月，赵闻终于按捺不住了。他觉得无论如何也得去见见这个女孩。他找了个冠冕堂皇的借口，踏上了开往女孩住的那个城市的列车。

赵闻在走之前没有给那个叫欣欣的女孩打电话，他要给她一个意外的惊喜。

事情如我们想象的那样，赵闻按照事先在电话里留下的地址，很顺利地找到了女孩的家。赵闻进了门，突然发现这是一个很像医院的地方，一张台桌后面坐着一个长得十分娇美的却穿着白大褂的女孩。

赵闻对那女孩笑了笑，刚想开口询问这儿是不是有个叫欣欣的女孩时，那女孩却先开口了。

是赵闻吧？赵闻说，你怎么知道我的名字？我们通过电话，并且不止一次，我知道你会来寻找的。

你是欣欣？赵闻没有想到眼前的欣欣比他想象中的欣欣还要美。他有点难以自控，想立即扑上去抱住她。这时，叫欣欣的女孩却示意他在台桌前的椅子上坐下。

女孩说，咱开始看病吧！

"看病？"赵闻有点莫名其妙。

女孩说，我是一位心理医生，自我们通过电话后，我就发现你有幻想症，我想，我有能力治好你的病的。这么说，以前的一切都是假的？是个骗局？赵闻说。是的，你是第四十二个上当的，不过，前面的四十一位在我这儿接受治疗后，已经健康走向社会了。操。有病！我有病吗？赵闻说。

结　局

小女子有个很好听的名字叫潇白。大家都以为她姓白，因此就小白小白地喊。潇白也懒得去费口舌去纠正，别人叫：小白。

她就答：嗳——

你家小龚昨晚又没回来？

小白说，加班哩。

都以为她是南方人，因为她说起话来舌头就好像春天风中的柳条似的，软声细气的。即使是生气骂人的时候，听得人骨头都要化。

潇白住的这地儿，是个大杂院，全都是租房户。天南地北的人，问话的是四川腔，答话可能就是河南腔。旁边要是再有几个插话的，也都是不同的口音。

有人说，这小龚，光忙着给别人种田，自家的地却荒着。

小白就不再答腔了，端了洗衣服的盆子，小腰一拧一拧地回屋去了。再没出来。

小白的男朋友小龚是干什么工作的，大杂院没有人知道。平时大家几乎很少能见到他。回来了，总是提着大包小包的东西，全是商场里买的零食。小白就将这些零食拿一些出来，分给邻家的孩子。小白自己也吃，她搬了椅子，坐在门口，她吃一口，给脚前卧着的小狗喂一口。大杂院的人知道，这个时候，那小龚是在屋子里补晚上的觉，过来过去，就放轻了脚步。

小龚人长得很帅气，一年中大多的日子都穿着一件栗子色的皮夹克，走起路来呼呼生风，眉宇间总是有几分英武之气，大杂院里的人就猜他一定是个刑警。

想想也是，大杂院以前老是丢东西，放在路道的自行车呀，晒在楼顶上的衣服呀，有时，连女人的胸罩这些鸡零狗碎的东西也丢。最厉害的一次是，一个温州的小老板，晚上在床上睡觉，隐隐听到有响动，睁眼一看，见自己的衣服裤子长了脚似的，正从开着的窗户往外跑。小老板头一天刚好从外面收回了一笔款，有三万多块，全装在上衣的口袋里，裤带上还拴了一个手机。眼见着衣服快没了时，小老板一声大叫，抓小偷！

小老板一声喊，满院子人都惊醒了，大家只是在门缝窗后瞪着眼，没有人敢开门出去。只有一人，浑身上下只划拉了一条裤衩，冲着那贼追了过去。等那人手里拎着小老板的衣裤从外面喘着气跑回来，人们才看清，是头天刚搬到大杂院来的小龚。小龚什么话也没说，将衣服扔给了小老板就回屋睡觉去了。

经了这一次，大杂院再没有丢过东西。

潇白平时没什么事可做，她的任务就是从早到晚，或是从晚到早地等小龚回家。有时候也出去，或是去街上的某个发廊做一下头发，或是去超市买东西，可时间都不会太长。

有一次，潇白去超市买东西，回来时竟是满脸的泪痕，说话时还在不停地抽咽。一问才知她在外面遭遇了小偷。小龚送给她的价值近万元的一条项链让小偷给摘去了。大杂院的人无法弥补潇白的损失，只能拿言语来劝。

河南腔说，这小偷也忒胆大了，咱刑警的女朋友也敢偷！

四川腔说，咱小白的脸上也没有写字，小偷咋知道？得了，说不定哪一天那小偷就撞到咱小龚的枪口上了，撞上了再好好收拾。

这时潇白家的门就开了，小龚一边打着呵欠，一边从屋里走出来，一问是这么回事，就笑了，说，算了算了，赶明儿重给你弄一条。小龚说话很有意思，他把买不叫买，而是叫弄。大家都笑了。

过了几天，潇白出门时，穿了一件低领衫，她那白玉一样的脖子上果然就挂了一条项链，和先前那根几乎是一模一样。大杂院的人看得直咂嘴。女孩们都说，小白真有福气，咋就能碰上这么好的男人。

当然，也有不福气的时候。

有一天，小龚从外面回来，走路一瘸一拐的，满脸都是血。他的皮夹克的一只袖子，也不见了。好像是从战场上下来的一样。潇白一见，就吓哭了。哭过了，就打车去医院。

这之后的好长时间，小龚很少再出门，潇白陪着他在屋里休息，在院子里转。院子里的几个老头老太，闲了时在院里支个麻将桌打麻将，小龚潇白就搬了凳子坐在旁边看。或者，院子里几个小女孩放学回来做完作业跳皮筋，将皮筋的一头拴在树上，另一头就让他拉着。他坐在椅子上，脸上笑笑的，小女孩子们跳着跳着，他就睡着了。

院子里的人都说，小龚小白这俩真是好人呀！

小龚的伤渐渐地好了起来。小龚潇白开始成双入对地一块出门上街了。又过了一些时日，有人突然说，怎么这么多天没见小龚，也没见小白了。大家一想，是有好多天没见他们了。他去敲潇白的门，一敲，门开了，才发现小龚潇白家里的东西全搬走了。这小龚，搬家怎么也不打个招呼。

小龚潇白搬走不长时间，大杂院里又被小偷偷了一次。是小湖北的一辆八成新的摩托。大家又想起小龚潇白来。他们说，还是他们在这儿好呀。可想归想，他们再没有见过他们。

大约过了半年，温州那个小老板回来对大杂院里的人说，他见到小龚了。大家忙问他在哪儿见到的。小老板就从手提包里拿出了一份报纸，报纸是当地的一份晚报，在一版的位置上有一行醒目的标题：神偷龚晓晓昨夜落网。标题下面是一幅大大的照片：是小龚。

打是亲，骂是爱

男孩是在一次偶然的机会认识女孩的。男孩觉得女孩是个挺不错的女孩。女孩也觉得男孩是个挺不错的男孩，两人便你来我去有了许多交往。

后来的一天，男孩对女孩说，嫁给我吧。

女孩想了想，就点头答应了。

于是，男孩和女孩就有共同的一间房，有了共同的一张床，就在一口锅里开始了以后的漫长生活。男孩去上班，女孩也去上班，两人一同走出屋子，走出长长的巷子在街头分手向各自的单位走去。

女孩挺能干，挺会过日子。男孩呢也是那种勤快的男孩。下了班，女孩做饭时，男孩也总是千方百计地不让自己闲着，洗菜呀，扫地呀，甚至洗衣服什么的，就不再让女孩去动手。女孩便很感动，女孩作出一副顽皮的样子对男孩说：表现真不错呢，这个周末了咱一块去壶口瀑布去玩它一次吧。我们单位里许多人都去过呢。男孩感激地笑了笑，却显出一副为难的样子：单位里马上要晋级考试呢，等下回再说吧。可是，下个周日到了，男孩又会找出借口来。一次一次地遭到拒绝，女孩便有些失望。应该说女孩是属于那种天性活泼而又富有浪漫思想的女孩。她越来越想到婚后的生活太平淡了，太压抑了，她甚至想借两人之间发生小摩擦时，让生活能碰出小火花，扬起几朵浪花，都不可能。每次当她借这种机会生气、发火，想把事态闹得轰轰烈烈时，男孩总是木偶人似的不声不息，任她把家里的瓶瓶罐罐摔得乒乒作响。

日子就是这样平淡地一日挨一日地往下过。

突然有一天，女孩很和气地对男孩说，咱还是分手吧。男孩听了这话，感到十分吃惊和不解。他觉得，他们的小日子和周围的许多同龄人相比应该是很幸福很美满的了。但当他看到女孩那一脸坚决的样子，只好无可奈何地同意了。

男孩觉得女孩是个挺不错的女孩，他真心希望女孩有一天会回心转意，重新回到这个家庭里。可女孩和他分手后不久，便又认识了一个男孩，并且很快和那男孩同居到一块了。

男孩上班时，经常遇见那个男孩，那是一个浑身上下都充满着匪气的男孩。男孩就隐隐为女孩找了这样一个男孩而担心。

男孩的担心果然没错，一次男孩在街上碰见了女孩——他先前的妻子。那时，天气很闷热了，满街人都穿上了短裤和裙子，女孩却穿着一件很厚的高领线衣。说话时，男孩无意中就瞥见了女孩的脖子上有几块青紫，还有几道似乎是用手抓过的抓痕。男孩想，那一定是那个满身匪气的男孩做下的活，男孩便去那个男孩的邻居那儿偷偷地想证实这件事。果然，那男孩的邻居们都齐声声讨那个男孩，说他隔三差五地就打那女孩，闹得左邻右舍都不得安生，男孩听了这话，心里好疼好疼，他真有点想不开，女孩怎么会喜欢上这样个男人。

又一天，男孩在街道上又遇着了女孩，男孩就对女孩说了他去她的邻居那儿了解的一些情况。男孩说：还是离开他，咱们复婚吧，我会像以前那样待你的。

女孩笑了笑说：凭什么？

男孩说：他常常打你，你能忍受得了么？

女孩说：打是亲，骂是爱，我觉得他人挺不错的呢。

男孩便无话可说，男孩也不再想说什么。

后来，女孩就和那个男孩正式结了婚。男孩觉得这世上的事真他妈的怪，男孩有些想不通。

叫我一声哥

男人第一次遇见那女孩，就被女孩小鸟依人的样子迷住了。

男人就想尽千方百计的办法，背过自己的妻子去接近那个女孩。

男人是那种有贼心没贼胆的男人。尽管他对女孩的容貌垂涎三尺，被女孩的神韵弄得神魂颠倒；尽管他有意接近女孩的目的不那么纯洁。可一旦和女孩在一块时，他的种种邪念，都会神不知鬼不觉地被女孩那单纯的样子驱赶得一干二净。于是，男人在和女孩相处时，就极力地将自己肮脏的想法掩饰起来，尽量给女孩留下一个美好的印象。

一来二去，男人和女孩就处得相当熟了。他们好得几乎到了无话不说的程度。要是隔个一天两天彼此不见，都会觉得有点惶惶不可终日。他们彼此在对方心里和生活中都占据了相当的位置。

男人毕竟是男人。他心底对女孩的占有欲总会像河里的渣滓似的，时不时地泛起来。但他一看到女孩那纯洁、真诚的样子，总会将它顶回去。

女孩当然不知道男人在和她笑脸相处时，内心有那些不怎么光明正大的想法，她对男人更是不设防。每次和男人相处，她都会被男人所表现出来的真诚所打动，禁不住夸男人是个好人。男人呢，听了这话自然就更加感动。心底里对女孩的那些肮脏的想法，也就随着时间的推移，一日一日剔除。

女孩终究是女孩。归根结底是要嫁人的。女孩理所当然地有了男朋友，女孩要嫁人了。

男人突然感到一种前所未有的失落与失望。这长时间来，他之所以和女孩相处得这么好，完全是自己的一种欲望支撑着的。现在，女孩要出嫁了，女孩和他关系处得这么好，他觉得没有必要再掩饰什么了。于是，当他们最后一次在一块时，男人就将自己先前心里对女孩的种种不可启齿的想法告诉了女孩。

男人说：说真的，当初我之所以千方百计地接近你，完全是一种不怎么纯洁的目的驱使的。在这几年的相处中，我曾不止一次地对你产生过邪念，后来，之所以一次次又放弃这些邪念，纯粹是因为你的单纯与真诚。

男人说了这些话，如同心里的一块石头落在了地上。

男人说：如果你愿意就做我的妹妹吧！

男人说：喊我一声哥吧！

可是，女孩却不知怎么的兀自地哭了起来，女孩"哥哥哥"地喊着，却越哭越伤心。

后来女孩就嫁人了。

女孩和男人见面的机会越来越少了，见面了，女孩除了把男人喊哥哥，再没有了其他的话可说。

爱 情

  还是上高中那会儿，男孩就死去活来地爱上了一个女孩。他赌咒发誓要不择一切手段把那女孩追到手。可那女孩不知为什么，见了男孩就跟老鼠见了猫似的，总是远远地避着他。男孩是班里的学习尖子，学生们选他做学习委员，女孩什么事都可避着他，只是每天交作业是雷都打不掉的。于是，每每临到女孩交作业时，男孩便找各种理由、各种借口将女孩的作业打回去，让女孩重做。

  女孩坐在那儿做作业，他就坐在那儿画画。男孩很喜欢画画，得空总要花几笔，男孩的画画得很古怪，一色的是少女，一色的是长长的秀发，全都跟女孩一模一样。

  其实，那时候，女孩并没有做什么作业，她只不过是虚张声势地撕掉一页白纸，然后装出一副极为认真的样子在那页白纸上乱画一气。女孩一遍遍地写着男孩的名字，写着写着，就组成了男孩的头像，好潇洒好潇洒。做完这一切，女孩便将原先做的作业拿去交给男孩。男孩一边摆出极认真看的架势，脸上露出满意的神情，一边就偷眼去看女孩。女孩脸上飞起两朵红晕，却不看他，噘着樱桃小嘴，仰着脸，目光专注地盯着天花板的一处，男孩的目光盯着作业本上，嘴上说的却不是作业。

  男孩说：昨天早上发作业时，我给你作业本里夹的那只小船，你拆开看了吗？

  女孩说：我把它放到学校门前的小河里了，让它漂走了。

  男孩说：你没看？

  女孩说：我觉得没有看的必要。

  男孩说：我想，有一天你是会觉得这很有必要看的，你几时不看，我就叠到几时，每天我给你送一只。

女孩心想男孩是同她在说着玩。眼见着要毕业了，男孩不会把心思分在这上面的。没想到从那天开始，男孩果真每天在女孩的作业本里夹一只叠得非常精致、非常漂亮的小船。女孩便有些为难了。她已明白，男孩为了她，学习已在节节败退。如果再这样长此以往下去，彼此都会受影响的。就在交作业时，对男孩说：你若再这样闹下去，我就不客气了！

男孩说：随便！

女孩果真就从书包里掏出了一只只精致的小船，当着男孩的面撕了。男孩就像在数九寒天被人当头泼了一瓢冷水似的。他望着女孩那副绝情的样子，狠狠地说：你记着，我要用事实来证明，今生今世你拒绝了我是极大的错误，总有一天当我站在你面前时，你会感到后悔的。

男孩果真不再给女孩的作业本里夹小船了。直到他们高中毕业。

那一年，高考制度恢复时，男孩考上了大学。大学毕业，男孩留在了城里，有了一个很理想的工作，也有了一个幸福美满的家庭。后来，几经周折，在仕途上也一帆风顺，成了单位的小头目。虽然一转眼几十年的工夫过去了，但他的脑子里还时时想起女孩撕碎那一只只小船的声音，这声音像一块心病一样时时折磨着他。

许多年后，男孩终于有机会回到了生他养他的故乡，他沿着儿时学校门前的那条小河溯河而上，终于打听到了记忆中哪男孩的住址。

他迈着有些老态，但却有些春风得意的步子，一步步走近那小桥流水旁的乡村小院时，他忽然被眼前的一幅画般的情景怔住了：小院门前小溪旁的一棵桂花树下的石桌旁，一个富态的老太太，正在那里给她大约有四岁的小孙子，折着一只只的小纸船。小孙子一边将小纸船朝小溪里放，一边问：奶奶，你说这小船真的能漂到你说的那个爷爷那里去吗？

老太太望着那在水中颠簸的小船说：能，一定能！

小样儿

小样儿是女孩撒娇时骂她男朋友的话。语气暧昧又有点亲昵。

你个小样儿！女孩说。

男孩这时候是幸福的。觉得这日子都是拿蜜浸了的，甜。他搂着女孩细细的腰，手就有点不规矩了，总是想顺着那腰探头探脑地往下摸。女孩让他的手摸摸索索地往下走一截，再走一截，突然就不让了。女孩说，不吗！就咯咯咯地笑。嘴唇印章一样在男孩脸上戳。

男孩的手在女孩子的细腰处都走了三年了，却是一直没有走下去过。这多多少少让男孩的心里有些失落和不快。

有一次，男孩和女孩开玩笑说，你这个人呀，啥都好，就是……

女孩子说，就是什么？

男孩就嘿嘿地笑。一脸坏坏的表情。

女孩说，你说呀，是什么？你要是不说，我就不理你了！

男孩说，就是不厚道。你总是将人家的火烧起来的时候，又给人浇凉水。真的不厚道。

女孩愣了半天，才明白男孩儿话里的意思，脸上漫过一团红云，说，你看你个小样儿，坏死了。

男孩说，真的吗，你看我这手都在你的腰上走了三年了，三年呀，就是徒步绕地球，怕也走到头了，可你愣是不让我的手往下走一点。

女孩用手勾住男孩的脖子，在这一点上，女孩自知理亏，她唯一的办法就是撒娇。女孩说，我觉得你不是真心爱我，你只要和我在一块，就想那事。

男孩说，天地良心，我真的爱你。

女孩说，你要真的爱我，你就忍着点儿，反正迟早都是你的，不到结婚的时候，你就别想！

没办法，男孩就一心盼着和女孩早点结婚。

男孩已二十八了，他的同学和朋友中和他年龄差不多的，大多都已结了婚，有的都有了孩子。只有零零星星的几个没有结婚的，要么是没有房子，要么是有其他的原因，可他们都在外面租了房，成双入对的，彼此老公老婆地叫着，和结了婚的也几乎没有什么差别。

其实，男孩和女孩早就张罗着准备结婚了。结婚这事，要说简单也简单，要说麻烦，也就够麻烦的。

第一年，男孩和女孩商量着准备结婚，赶巧女孩的哥哥要结婚。女孩的嫂子还没有过门，肚子先挺得急，这是没办法等的事。女孩的父母亲又都是那种老脑筋的人，说什么也不愿一年办两件喜事。他们结婚的事只能往后推。

男孩说，指不定明年还会有什么事，要不咱也像别人那样，悄悄地将证领了算了。或者，咱就先将就着住到一起？女孩却是不同意，女孩说，结婚一辈子只这么一次，她不能就这么不声不响地将自己嫁了。说什么也得弄个大花车好好地浪漫一把。

只好等第二年。

第二年一开年，男孩和女孩老早就开始张罗结婚的事，他们两家的父母也觉得这事是不能再拖了，也都为他们的事跑前跑后地忙着，可是，结婚的东西备办齐全了，他们却还是不能结婚。男孩的父亲出事了，男孩的父亲本来是想为他们的婚姻添砖加瓦的，没想到一场车祸，却把自个儿的老命添进去了。

办完男孩父亲的丧事，男孩和女孩抱着头狠狠地哭了一场。男孩哭出了一脸的疲惫。

男孩对女孩说，父亲不在了，婚暂时又结不成，他说他想到别的地方散散心。当然，还有一个原因是，为父亲办丧事，已将他们筹备结婚的钱用了，他也得去找点挣钱的路子。

女孩不想让男孩离开她，她扑进男孩的怀里，哭。

你个小样儿呀，你就忍心让我一个人……夜夜想你？

男孩有点动摇了，他的手缠绕在女孩细细的腰上，他想，只要女孩让他的手往下走了，他就不走了。

可是女孩还是不让他的手越雷池半步。

男孩狠狠心，就走了。

男孩这一走就是半年。在这半年里，女孩几乎一天一个电话，女孩依旧小样儿小样儿地骂。慢慢地，女孩已从电话里能感觉出来，男孩的心里又开始有了一片一片的阳光。

半年后的一天，男孩回来了。

那天晚上，女孩去看男孩，还没进门，女孩就听到一个很甜的声音在和男孩说话：

你个小样儿，你看她长得多好看，你怎么就忍心丢了她和我好？

男孩说，也许这就是命吧，如果那时，她像你一样，让我这只手在她那腰上走了三年，再往下多走一步，我就会不对你负这个责任了。

胸　罩

笑笑是出差回来找换洗衣服时，无意中发现装衣服的纸箱里的那只胸罩的。

这只很别致的胸罩常常搭在学校院子里的铁丝上晒，很引人注目。

胸罩是隔壁玲玲的。

说是隔壁，不过是一间房子从中间用竹笆隔开再糊上旧报纸而已。好比是一间房中间挂了个隔帘。学校的住房紧张，所有老师都只好如此了。

笑笑用拇指和食指夹住那只胸罩，一脸狐疑地问少锋："这是怎么回事？"少锋正在给学生批改作业，转过头来，漫不经心地看了一眼在笑笑手指下晃悠着的胸罩说："我咋知道这是咋回事？"

"你不知道？这衣服是我出差前才整理过的，难道这玩意儿自己还长了脚不成？"笑笑说着，一扬手，那只胸罩就小鸟似的扑在了少锋的头上："这事你不给我说清咱没完！"

少锋头顶着那只胸罩，像个飞行员似的傻坐在那里。他想说：会不会是收衣服时收错了的？但嘴张了几张却没说。少锋知道，他虽然和笑笑结婚快一年时间了，但笑笑时时处处都怀疑他和玲玲，上次因一方真丝丝巾不见了，笑笑硬说是他拿去讨好玲玲了。他百般解释，可笑笑不知怎么鼓捣的，趁玲玲上课时，硬是从玲玲的房里找到了那条丢失的纱巾。

"这事你不给我解释清楚，咱没完！"

少锋听了这话，心里不禁打了个寒噤。

以后的日子，围绕这只胸罩，笑笑和少锋之间展开了一场马拉松式的斗争。笑笑知道少锋在和她结婚之前，曾和玲玲有过一段很暧昧的关系，她便坚信少锋和玲玲之间一定发生了见不得人的事。她一定要少锋说清楚这只胸罩到底是怎么回事，甚至连以前那方丝巾的事也一并追究了。少锋自然解释不清，越是解释不清，笑笑越是对少锋表示怀疑，越是穷追不舍，两人为此由最初的争吵转入打冷战。最后，在互不相让的情况下，只好分了手。

这事在学校里一时也闹得沸沸扬扬，笑笑其实是很爱少锋的，但她却怎么也忍受不了少锋在和她结婚后，还同以前的恋人暗中勾搭。于是，在暗地里，她就造了许多关于少锋和玲玲的谣言，那方丝巾和那只胸罩，也就成了的有力证据。学校的老师们自然就信了。他们对笑笑表示了极大的同情，同时，也对少锋和玲玲表示出鄙夷。

少锋知道这事解释不清的，也就不再去解释了。

那学期结束，少锋和玲玲不得不双双向组织提出申请，调离了那所学校。

新的学期开始，学校又调来了两个教师。笑笑的隔壁又被安排了一个女孩。

笑笑由于刚刚建立的家庭遭到了这意外的一击，精神显得非常颓唐。心情也极度不好。一个一个夜晚她辗转在床上，翻来覆去睡不着。她想着和少锋这短暂的婚姻，想着少锋的种种好处，心里对少锋是又爱又恨。

又一个夜晚，当她躺在床上再一次想起过去的日子时，她忽然被呼拉拉的一阵响声惊动，当她抬起头去看时，被眼前的景象惊呆了。她看到一只肥大的老鼠，拖着一只裙袜，正从隔壁的竹笆下拼命地往房里钻。

那只裙袜是隔壁女孩的。

秋夜歌声

长根走在秋天的黄昏里，心情愉快极了。许多人都是这样，心里高兴了，都会情不自禁地用一种方式表现出来。譬如说找点可笑的事作引子，笑上一笑，譬如唱上几嗓子。

现在，长根是一个人走在这乡村的庄稼地旁。月朗星稀，秋天的风送来一阵阵扑鼻的玉米的清香。一个人在这黄昏的旷野里，因为自己心情愉快而独自发笑，自然显得有点不伦不类。长根便别无选择地选择了第二种方式——唱歌。

长根平素里不怎么爱唱歌，确切地说是他不会唱歌。眼下，突然有了这种心情或者说是雅兴了，却不知唱什么好。好像是一个棉田的汉子第一次和姑娘谈情说爱似的，有些羞于开口。搜肠刮肚地想了好一阵，总算才想起一首歌来。那是一首当时所有的小朋友都会唱的儿歌。长根在队里小学堂旁干活时，听学生们不止一次地唱过。

"路边有颗螺丝钉/螺丝帽/弟弟上学看见了/看见了，看见了，看见了！"

长根想起这首歌，左右张望了一阵，见确实没有别的人了，用唾沫润了润嗓子，却是记不起词来了。记不起词不打紧的，关键是长根此时的心情很好。他索性哼起调来，逮着记起的词儿，唱出来即是。

于是，整个一首歌儿，我们听起来就成了"看见了，看见了，看见了！"

长根就是这样在秋天的黄昏里，边走边唱。唱得水中的月儿都笑弯了腰，唱得田野里的秋虫也"啾啾啾"地叫个不停，似在为他助兴。

长根自顾自地唱着，唱得很尽行。他根本没有料到，在他的周围还发生着其他的一些事。而这些事又因他唱的歌，正悄悄地发生着变化。

首先是他左边那块包米地里的金枝儿。金枝儿的男人两年前死了。她带着三个半大不小的孩子过活。夏季时，金枝儿家里没有劳力，分下的一点粮早已吃完，家里已有两天没烧锅了，几个孩子饿得哭个不停。饥饿起盗心，金枝儿本想是偷几个玉米棒子充充饥的，不想刚掰了几个，就听到了长根的歌声。确切地说，金枝儿听到的不是歌声，而是叫喊声：看见了，看见了，看见了。金枝儿当下吓得出了一身虚汗，撒丫子就跑，情急之中，一下子从一个高坎上跌了下去……

与此同时，长根右边的那块包米林里的一个看秋的草棚里，长安的儿子秋平和麦叶也听到了那似歌似喊的声音。那时，秋平和麦叶这对年轻人，正在草棚里搅缠在一块，爱得死去活来。听到这声音时，刚才还是软绵得如一摊烂泥的麦叶，突然害怕了起来，她未等秋平反应过来是怎么回事，扬起巴掌照着秋平的脸上就是两下，然后，站起来，一边哭着，一边喊着，朝村里跑去……

长根自然不知道这些事。

第二日，长根去工地上工时，只是发现金枝儿没来上工，有人说金枝儿昨天夜里担水时，摔折了腿。长根觉得心里空空的，像丢了什么似的，干活便没了劲头。大约到中午时，村口公路上又突然驶来了一辆警车，警车开走时，秋平也被带走了。村里人纷纷传说着秋平强奸了麦叶的事。

长根有些不相信。直到后来，他在村里看见了双眼哭得如烂桃似的麦叶时，才相信了这事。长根心里盘算着，该弄点啥东西去瞧瞧金枝儿，再弄点啥东西去安慰秋平的爹娘。

长根不知道这些事都是与他唱歌有着某种关系的。只是，他从此再也没有了好心情，再也不唱歌了。

死亡体验

河湾很静。

女人像一只猫一般依偎在男人的怀里，睁着那双秋水盈盈的眸子，一往情深地望着男人那轮廓分明的脸。男人笑了笑，低下头在女人那炽热的唇上吻了一下，目光随即游移开去，落在了他们身下巨石前的那个深水潭上。水潭很深。昏暗而幽蓝的潭水在黄昏的阳光下，泛起一丝丝令人毛骨悚然的寒意。潭中不时传来鱼的唼喋声。男人说，你真的不怕吗？

女人说，只要和你在一块儿，我什么都不怕。

男人回过头望着姣美动人的女人很是感激地笑了笑。

这时，远处传来了一声狗叫。男人听到狗叫声，心里一咯噔。女人的心也一咯噔。男人和女人的思绪一下子都沉浸在了以往的许多个夜晚里。村子里家家户户都喂了狗，那些个夜晚，夜夜都有狗叫声。男人和女人不约而同地将目光沿着狗叫声从白亮亮的河滩上划过去。河滩的对面就是村庄。地里的庄稼已经收割完毕，田野显得空旷而辽远。村头那幢三层的小洋楼在收了秋的田野里更是显得引人注目，那是二水的花炮厂。

男人和女人都是花炮厂的工人。就在两个多小时之前，他们还在那小洋楼里走进走出，一边干活，一边和其他工人有说有笑的。虽然许多天之前，男人和女人都已作出决定，选择了沉河而死这条路，但那时，他们仍然表现出一副泰然自若的样子。各方面的压力已把他们逼上了这条绝路。因此，他们早已将沉河而死看得和游泳一般轻松自如。他们已不图别的什么，只求能死在一块儿就行了。

狗依旧在叫着。那叫声走过白亮亮的河滩，走过宽宽的水面，变得动人而可爱了。此时，男人和女人已吃完了他们准备的最后一顿晚餐。他们脱光了衣服，沐浴着凉爽宜人的河风，像动物一般在无遮无拦的巨石上，从容过细而又放荡地做了一次爱后，双方都换上了干净而漂亮的衣服。女人总是那样，面对死亡也要把自己打扮得极尽漂亮。她拿着一片小圆镜仿佛要做新娘似的，一次次为自己搽脂抹粉画眉描口红，又一次次擦去，直到男人满意才罢了休。男人呢，自始至终都显得从容不迫。他搬来一块很大的石条，用事先准备好的绳子五花大绑地捆了个扎实。他要到最后一刻，再将这块石头拴在两个人的身上。

做完这一切，已暮色四合了。他们又走向了一块儿相依相偎相拥着，如胶似漆地吻着。之后，他们转过头深情地望了村庄一眼。又望一眼。二水的花炮厂正灯火辉煌。那里的工人们也许正一边干活，一边像以往一样在说笑呢。女人突然想起了过去的日子。女人想起过去的日子禁不住一串泪水夺眶而出。

男人正在把那拴着大石条的绳索像戴光荣花似的往两个人身上套，一滴泪水掉在了他的手背上。

又是一滴。男人说，如果你后悔，还来得及。

女人凄惶地望着男人说，那边不知道有狗没有？

男人说，不知道。

女人说，以后咱真的啥也不怕了，可以长相厮守，长久相爱吗？

男人说，或许是吧。于是，男人和女人紧紧抱在一起，拼力拖着那个石条，如同走向洞房似的向深潭挪去。

"轰隆"一声，从村庄传来了一声炸响。走近巨石边缘的男人和女人受这一惊，僵直地站住了。

他们回过头去。村子的上空腾起一股黑烟。二水那方才还是灯火辉煌的小洋楼，此时已成了一片火海。

二水家的花炮厂爆炸了！有人喊。

随着这一声喊，村子里许多人纷纷朝二水家里赶去。一些人冲进了火中，开始在残垣断壁之中寻找着被炸的人。当一具具尸体被冲进去的人们七手八脚地从火海中抬出来时，一股可怕的阴影一下子罩在了女人的头上。没有想到，他们为了死而绞尽脑汁，却还活着。而那些快乐地活着，并想永远活下去的人，却遭了不测风云。男人的身体也在微微地抖动着。他突然感到，死是那样的可怕。不知什么时候，他已解掉了套在身上的那拴着石条的绳索。

男人问，怕吗?

女人说，不怕。女人嘴里虽然这么说，可整个身体却像筛糠一般抖动着。她那细嫩的手掌有点冰人。男人和女人不知为什么突然产生了要活下去的念头。

男人说，咱回吧。

女人说，回吧。

于是，男人和女人沿着他们走来的路向村里走去。

捉　奸

　　进入冬季，队里基层干民兵被集中到古道沟修水库。

　　麦苗也被派去做饭。

　　说是做饭，其实很简单。一天两顿饭，早晨是包米糁糊汤，下午还是包米糁糊汤。大多的时间，麦苗闲得没事，搬块石头，坐在工棚外的土场上晒着暖暖的太阳，一边做些零碎的针线活，一边照看着队里的工棚。

　　那时，麦苗只有十八岁，正是含苞待放的年龄。在整个修水库的漫漫冬季里，在这个嗅不到女人味的男人堆里，麦苗就格外招人眼目。本队的、外队的小青年，撒泡尿的工夫，也会溜到土场上和麦苗套几句近乎。连同那些结过婚的男人，瞅着麦苗那发育良好的鼓鼓的胸翘翘的臀，也会想入非非。

　　麦苗是个挺大方的女子，任谁和她套近乎开玩笑，她都不恼不怒，咯咯咯地笑着，像个小母鸡似的。

　　这就使民兵连长宗仁很有些担心。十八九的男女，正是干柴遇着火的年龄，不小心便会惹出事来的。

　　担心归担心。这事没凭没据的，想给麦苗提个醒都使不得。宗仁只好把劲儿往暗处使。

　　人常说，怕处有鬼，痒处有虱。这话一点不假。尽管民兵连长宗仁时时处处留心，担心的事最终还是发生了。

　　那是水库工程将完工的前一段时间。一连几天，民兵连长宗仁都发现，麦苗吃每顿饭时总是吃半碗。有几次，他还发现麦苗偷偷地跑到工棚后发干呕。一向活泼的麦苗，情绪也突然变得低落了起来。宗仁是过来人，见到这，心里不由一咯噔。这事得赶快采取措施，不然，事情闹大了更不好收场。

宗仁偷偷回队里去了一趟。把这事给麦苗的父母说了。麦苗的父母都是老实人，听到这事，一急便没有言语。

宗仁便说：事已至此，依我看，是谁干的，就让麦苗嫁给他算了。

麦苗的父母想想，也实在没有别的好办法，只好应允了。

过几天，宗仁找了个借口，让麦苗回去了一趟。

起初，麦苗的母亲一再追问，麦苗只是哭而不答。问到后来，麦苗说了，是指挥部的爆破员王林。

王林是大队支书的儿子，一年前已婚，是个无恶不做的浪荡公子。

水库工程眼看要完工，宗仁急得三天两头地回村，和麦苗的父母商量对策。

这时，工地上本队的几个年长的也都知道了此事，也隐隐知道了干这缺德事的是王林。有人便向宗仁提议说，咱干脆想办法抓住这个狗日的，好好教训教训！

宗仁不语。

这天晚上半夜时，宗仁悄悄摇醒了长平，将他叫到工棚外。

宗仁说：长平，明年你还想当兵不？

长平说：想。

宗仁说：今年当兵没去成，你知道谁从中间作梗吗？

长平说：知道，是王支书。

宗仁说：这就对了。你想当兵，他狗日的王支书下不了台，你就去不成。你想不想把他整下台？

长平说：我咋能把他整下台？

宗仁说：你能！

宗仁说：王支书的儿子王林一直想占麦苗的便宜。刚才我起夜时看到他在麦苗睡的后窗外转悠。我去前门堵着，你守着后窗，只要看见他进去了，你立马从后窗翻进去捉住他。

长平就去了。长平在麦苗的后窗守了一会儿，见一个人影从麦苗的后窗翻进去。长平几乎没有细想，也一纵身跳了进去。

长平双脚刚落地，"刷——"地几道白的手电光便一齐向他射来。长平抬眼看时，就看见了民兵连长宗仁，还有麦苗的父母。

爱情两个字好辛苦

叶子离婚了，离了婚的叶子怕静，怕闲，更怕沉溺在往事的小河里爬不出来。

叶子就去找局领导，主动要求去车站旁的电话亭里上班。看到叶子那副坚定不移的样子，领导同意了。

叶子到电话亭上班不久，便发现一个三十岁左右的男子，几乎在每个周末都要骑车来电话亭打一次电话。

偏偏这男子的电话是打给他在乡下某所小学的妻子的。他在电话里和她谈一周的生活，谈一周的工作，情意绵绵，像是有意要跟叶子作对，给她那颗受创伤的心撒盐巴。

叶子心里那道刚刚筑起的院墙，忽地垮了。想想自己，再听着那男子打电话时的亲昵语气，听着听着，再也忍不住，泪如雨注。叶子真为那个远在乡下教书的女子感到自豪，感到幸福。

叶子在心中祈祷，希望自己将来也能遇上这样一位好男人。

也在在默默祈祷中过了一年。

这一天，叶子的哥哥对叶子说："叶子，再找一个重新开始生活吧。哥哥公司有个雇员，他人挺不错的，工作也很出色，还有半个月，我们双方合同期满，这次，他是执意要走，哪天你去看看，若你看上了眼，哥去跟他说说，也许能留下他来——做你的丈夫，做我公司的副总经理。"

半个月后，叶子去了。当哥哥指着远远走来的那个人时，叶子好不吃惊。她绝没料到，那个人竟然是他——那个每个周末去她电话亭打电话的人！

叶子逃了。世界也真是太小了！

当叶子的哥哥气喘吁吁追上她时，叶子再也忍不住了。"你太自私了！"叶子好气愤，"难道你不知道他是个有妇之夫吗？"

"我知道。"哥哥说，"他妻子在一个偏僻的乡村小学教书。可是，早在两年前，就在一次意外事故中死了。"

叶子相信哥哥说的是真话。但她也相信了那个男人在哥哥面前说了假话。叶子想对哥哥说说那个男人每个周末去她电话亭打电话的事，想了想，没说。

叶子的心经这次打击，彻底死了。她没见到那个男人再去她电话亭打电话。哥哥也再没提起过那个男人。叶子的日子，又一次恢复了平静。

半年后的一个下午，叶子刚下班回来，哥哥就兴冲冲地来找她，叶子看完哥哥拿给她的那张报纸时，风平浪静的心又一次掀起了汹涌的波涛。

"哥哥没看错人吧。以前，我只知道他为了挣钱很能吃苦，也没想到他挣钱竟然是为了在贫困的家乡盖一座像样的学校。哥哥已决定拿出五万元捐献给他修学校。妹妹，你该咋办就咋办吧。"

哥哥说的话，叶子一句也没听进去。此时此刻，叶子心里一直在想：两年前在校舍倒塌时，为了救学生他妻子既然已经死了，那么，那许多个周末，他为什么还在给她打电话呢？

心 镜

阿芳是那种叫人看一眼，便会生出很多念想，永远忘不掉的女孩。

自从阿芳坐到我的办公桌对面，我就常常想象着我和阿芳之间发生了种种美妙的事。然而，阿芳太美了，美得令人不敢正面看她。因此，每天上班，只要阿芳的脚步声进门，我就会气短心虚，脖耳也似乎得了软骨病，无论怎样努力，也支楞不起来。

不知是女孩爱照镜的缘故，抑或是有意要让我难堪，她明明看出了我的这种虚怯，却偏偏在她身后的墙壁上悬一面大大的镜子。那镜子是"心"型的，造型很别致、很好看。可这美的镜子对于我来说，就是一种残酷的惩罚了。我这人长得很丑，丑得平时连照镜子的勇气都没有。现在，不仅一张丑脸变成明晃晃的两张，而且时时还要直面丑人看丑人的尴尬。许多时候，我只好将目光丢在窗外，去看那田畴上的远山绿水，去看那蓝天上的飞鸟游云。

可是，美人儿总是令人悦目，总是很有诱惑力的，常常我就不能自禁，想抬头去偷偷看阿芳几眼。

有一天，当我正抬起头，想偷偷去看阿芳时，我被一副令人惨不忍睹的画面惊呆了。

那时候，阿芳正背靠着墙壁，我看到她那张漾溢着春阳般的笑脸，刚好与那面镜子平行。镜中我那张惨不忍睹的脸与她那张靠在墙上秀美的粉脸，在墙面上形成了强烈的反差。

这样过了几日之后，我实在有些忍耐不住了。有一天，我终于鼓起勇气说："阿芳，拿掉那面镜子吧？"阿芳笑笑地望着我，说："为什么？"

"我不习惯这样。"

"如果每天你坚持多看几眼，不仅会习惯，而且，你还会发现新大陆呢。"阿芳说着，那双望着我的大眼涌现出了许多希望。

那面镜子终究没有拿掉，依旧很刺眼地悬在对面的墙上。也许我的好奇心在作祟，以后的日子，我每天都忍不住要去看那令人尴尬、令人难堪的画面几眼。

说来也奇怪，慢慢地，我真的习惯了，并且真的从那里发现了新内容。

首先我发现的是，阿芳不再像以前那样着意去修饰自己了。她不再打胭脂画眉描口红，还原了一张素面；不再三天两头地变换那发型，一任那头美发自然披于肩上。

接着，我又发现，阿芳那张好看的脸，原来也是有瑕疵的。那白嫩的脸上竟然隐隐可见一粒粒的雀斑。那口白白的米牙原来也参差不齐，特别是那双水雾雾的大眼，竟然一只大一只小！同时，我也发现，我那张丑脸也是有许多动人之处的。我的一双眼小是小，可小得机智。上翘的鼻子，挺风趣挺幽默。

等我发现了这一切之后，我也发现我不知从什么时候起，对自己、对现实、对一切都有了信心。我不再终日低着头，我发现我说话的声音比以前高了。笑声也比以前爽朗了许多。

那面镜子随时随地都在我心中，我离不开那面镜子了。

常常晚上无事可做，我就去办公室里。我独自一人坐在办公桌前，面对那心型的镜子，望着出神。

这天晚上，正当我坐在办公室里又对镜独思时，办公室的门突然开了。

进来的是阿芳。

阿芳在我的对面坐下来，将一本印刷精美的杂志推到了我的面前。

我弄不明白阿芳葫芦里又卖什么新药，然而，当我打开杂志时，我又一次惊呆了。那个曾令我尴尬、曾令我激动的画面，又一次跳入我的眼帘。原来，我这张丑脸和阿芳那张笑脸放在一块，竟是那么和谐。我发现大美是一种美，大丑其实也是一种美。

这个晚上，我第一次在阿芳面前哭了，我好激动。

两个月后，我这张照片在全国摄影大赛中获得金奖。

拍摄这张照片的作者是阿芳。

半年后，我结婚了。这张照片作为我的结婚照一直挂在我的床头。

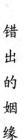

错出的姻缘

出 手

钱科这个名字听起来怪怪的，好像以前作奸犯科，干过坏事似的。大凡做人，你不干好事没有什么，但你千万不能干坏事，人一旦失手做了坏事，就跟脑血栓患者一样，必定会给你以后的生活留下许多后遗症。周围人看你的眼睛都是白多黑少。

钱科三十多了还没有对象，算不上坏事，可也不能说是好事吧。

要说，钱科这人还真是个好人（我可以对天发誓，钱科从来没有干过坏事）。无论其家庭条件还是自身条件也都相当不错。我认识钱科的时候，他才二十多岁，那时候，他的身边，也总是有许多女孩子围着他转，生生的贾宝玉再世。叫人看了眼珠子都巴巴的。可不知是怎么搞的，那些女孩子个个都像走马灯似的来，和他一起喝过几次茶，看过几次电影或是泡过几次酒吧，又都泥鳅一样地从他身边溜走了。连声拜都不说。钱科就像一个传授爱情的老师，送走了一批批学生，就这么一晃，三十多了，自个还是钻石王老五一个。

有一段时间，我准备将我的一个同事介绍给钱科，可我一时又有些吃不准，就找到我的一个远房表妹，我的这个远房表妹以前和钱科谈过对象，我问她，钱科这人怎么样，我的表妹将喝咖啡的勺子戳在嘴边想了半天，才红着脸说，你说的是那个浪漫得像娘们儿一样的男人吧！

这话听起来就别扭，再想从我那表妹的嘴里掏点具体的东西，可她怎么的也不再开口了。

我那同事也是一个钻石王老五，以前心性太高，把婚姻给耽误了，现在想来也没有什么太高的要求，反正两个人闲着也是闲着，还是让他们见见面吧。

见面的地点仍选在一个茶馆里。

两个人见了面，都不约而同地愣了愣神，我想这次是有戏了，八成是两人一见钟情了。可喝过几杯茶后，两个人就是没有一点来电的意思，就散了。

第二天，钱科给我打来电话，钱科说，你看这事弄的！我问什么事，钱科说，昨天见面的那个女孩。我说，那女孩怎么了？钱科说，半个月前，别人已介绍我和她见过面了。

我在电话里笑了起来，这事还真有些意思，两个人没出半个月互相相过两次亲，不是这个世界太小了，就是他们太有缘了。

钱科自然是有些不好意思，可我能感觉得出来，钱科对那女孩是有好感的。我就对钱科说，恋爱就是恋爱，别再玩那狗屁浪漫了。你就别老带人家去茶馆里，茶馆那地方是公众场所，是不便于肌肤相亲的，男人和女人肌肤相亲来电比啥都快。都老大不小了，玩点实在的，不是有句话叫什么来着？对，该出手时就出手。

钱科终归是钱科，这之后，钱科频频打电话约那女孩，最初，女孩还有些忸怩，渐渐地，我们听到女孩的笑声里都有了枯木逢春的气息。

大约过了一个月，一天晚上，钱科突然给我打来了电话，我一看表，已是晚上11点多了。我问钱科这么晚了打电话有什么事？钱科的声音压得很低，他说，出事了。我一听这话，脑子里嗡地响了一声，我想，钱科这么晚了打电话说出事了，这事肯定与那个女孩有关。

果然不出所料，钱科说，他现在是躲在他家的卫生间里给我打电话。我说，是不是有歹徒打劫？自个待在自个家里还有必要东躲西藏的？钱科说他晚上喝多了酒，不知怎么就没有控制住自己，强硬地把那个女孩那……那个了，"本来我向人家求婚人家一直就没有答应，这下可怎么办？"钱科说着说着，竟然吓得抽泣了起来。

一听是这事，我心里的一块石头就落在了地上。我说，钱科，你小子的酒醒了没有？钱科说，哪儿还有酒呀，早吓没了。我说，那好，你小子现在就打开卫生间的门，你给她倒一杯水，再将她紧紧地抱在怀里，说完，我关了手机。

话虽是这么说，可我还是有些担心。第二天，我早早就去了单位，我想，那女孩要是来上班了就不会有什么大事，如果女孩不来上班，那这事可就海了。

我的担心真有些多余，女孩不仅来上班了，一点也看不出被人强暴过的样子。而且整个人看起来好像是被雨露滋润过了一般。下午快下班时，女孩打了一个电话，过了不长时间，我从窗户看出去，果然见钱科在我们办公楼对面的一棵树后向我们办公室的门口探头探脑。下班了，我看见那女孩走下楼，走过街道，一直走到那棵树前，她一见到钱科，就像一只小鸟一样扑了上去，几乎整个人都吊到钱科的胳膊上。

那年五一节，钱科和那女孩结婚，在婚礼上，有朋友起哄，要钱科给大家伙介绍介绍恋爱经验。钱科这人忒老实，他想了想，就说出了两句话：谈恋爱这事真奇妙，出手时机最重要。后来，不知是谁又给中间加了两句，就成了：谈恋爱这事真奇妙，男人见面想拥抱，女人其实假害羞，出手时机最重要。这个段子后来又通过手机短信互相传递，在我们鹤城流传了很久。

回　头

　　他走进那块竹园前时，突然看见了她。

　　她站在一丛修竹后面，一副焦急的样子。

　　他看见她时。他也没有说话。

　　他们很默契地走进了竹林里。竹林中有一块青石板。他和她就在那块青石板上坐了下来。那时，太阳早已落山。远处的山和近处的树，也都变成灰蒙蒙的一片。栖息在竹林里的鸟儿开始忙碌着归巢。叽叽喳喳叫得一片响，歌唱般地动听。

　　他和她坐了好久，仍然没有说话。他的目光游移开去，落在竹林前的一泓小溪里。清凌凌的河水里卧着一轮明月，弯弯的，看着看着，那月亮就变成了一把小梳。那时，他常对她说，女孩子只有把头发编成辫子才好看哩。她就用那把小梳把头发梳成一条光溜溜的小辫辫。真的很好看。

　　此时，她的目光也落在那弯月牙上。在她的眼里。那弯弯的月儿就是一把亮亮的镰刀。她记得，那时他们常一块上山去割草。他每次割草时，总是趁别人不注意，偷偷地将自己割的草搂几搂给她。

　　后来，他们常常就到这块竹林里来玩。寂静的夜晚，她躺在厚厚的竹叶上，闭着眼，听他用竹叶吹出一首首好听的曲儿。有月亮的时候，他们便手牵着手趟过小河，用小石块在那白亮亮的河滩上摆成两个手牵手的人。他说他摆的人儿是她，有根独辫辫呢。她说她摆的人儿是他。

　　可是后来，事情就发生了意想不到的变化。她的父母硬是逼着她，将她嫁给了山那边的一个小包工头。她没办法。真的没办法，就只好嫁了。

　　那一天，他就是躲在这片树林里，看着那个长得一脸匪气的包工头，红红绿绿地把她迎走的。

不知什么时候，他手里又捏了一片竹叶。那片小小的竹叶在他宽大的唇上抖动着，就吹出了一首动听的曲儿。调子很悠扬也很伤感。只是一曲尚未吹完，他猛然听到了她的啜泣声。

他就不吹了。

他说：我听人说了，你现在的日子很好呢。他很会挣钱，这我就放心了。

她说：你不知道呢，他一直怀疑我和你之间的关系不正当。

他说：你应该好好向他解释，我们之间是很清白的，这是能说清楚的。

她说：他不是个人呢。越解释，他越不信，他每天晚上都要折磨我。折磨完了，就拳打脚踢地打我。有时，干脆还把野女人带回家。

他说：狗日的真不是个东西！

她说：狗日的真不是个东西呢！

一只竹竿咯嘣一声在他手里断为两截。

她说：这半年，我挨打挨得太冤枉了，我白背了一回黑锅。

他就有些气愤。他说：那就跟他离吧。

她说：他不离。死也不离。

他就叹了一口气。他真想伸出手臂将她揽进怀里。当他一看到她那身珠光宝气的衣服时，手臂只是动了那么一动，便死蛇般瘫了下去。

她说：咱一块逃吧。我昨天一回娘家来，就到这里等你。我想你是会来这里的，果然你就来了。你看，我把啥东西都准备好了，咱现在就走。中国这么大地方，就不相信没得咱落脚的地方。

听了这话，他的心里不由一愣，他说：这事你得让我想想。

于是，他和她就如同先前那般静静地坐在那里，谁也不再说话。

一段时间沉默过去。又一段时间沉默过去。

这时，远处的村庄里突然传来了一声女人的尖叫声。他如同从睡梦中惊醒了似的，猛地从青石板上站了起来。

他说：咱回吧！

说完这话。他就匆匆地朝竹林外走去。一直走出了竹林了，他才停住脚步，他想回头再看她一眼。但终于没有。

仓 仓

仓仓常对我讲起一个女孩。他说他曾经和这个女孩同床共枕了一个晚上，而彼此之间什么事也没有发生。起初我有些不相信，说仓仓是胡编乱造的故事。但仓仓一次又一次地在我面前讲这个事时，我就有些相信了。但我对这个事的另一方面产生了怀疑。我说，干柴遇着火的年龄，在一张床上辗转了一夜，不会不发生点什么事的。仓仓说，这是千真万确的事，如果你遇着了这样温柔多情而又纯洁可爱的女孩，你也不会对她产生任何邪念的。

我们就问：女孩叫什么名字。

仓仓说：叫凤凤。

于是，在以后的许多时间，我便会无端想起这个温柔多情而又纯洁可爱的叫凤凤的女孩来。现如今像凤凤这样既让人感动又让人不产生邪念的女孩真是太少了。我便产生了一种强烈的欲望，相见见这个叫凤凤的女孩。遗憾的是，我和仓仓一块上街的时候，却从来没遇见过凤凤。

仓仓说：凤凤有可能和小城里许多女孩一样去大城市打工去了。

后来的一天，我和仓仓上街买东西的时候，仓仓却突然指着远处公共汽车站牌下的一个女子说：那就是凤凤。我的目光从攒动的人头看过去，就看到了一个气质高雅的漂亮女孩。我说就是那个穿着黑旗袍的女孩吗？仓仓说就是的。我便拉着仓仓的手从川流不息的人群中，向凤凤挺进，可是，等我们满头大汗地刚刚挤到站牌下时，凤凤却已爬上了一辆公共汽车走了。

我说：太遗憾了。

仓仓说：说不定以后天天都会遇见呢。

这时候，出了点事。仓仓因一个案子的牵扯，进了局子。

我便愈加感到孤独。我常常一个人去街上溜达，希望有一天能突然碰着凤凤。

果然就遇着了。那是那次我去一个叫凤凤的发屋理发。掌剪刀的就是凤凤。和那次我和仓仓在街上看到她站在站牌下的衣着一模一样，甚至连发型也没变。凤凤确实是一个温柔多情而又纯洁可爱的女孩，说话做事总是显示出和别的女孩的不一般来。

也就是从那天开始，我便三天两头找各种借口去凤凤发屋。这样不长时间我就和凤凤混得滚瓜烂熟了。我们成了无话不说的好朋友，隔三差五，我还约她一块看电影，或去公园散散步，凤凤都没有拒绝。

那一天，我和凤凤一块散步时，突然就想起了仓仓，我就想起了仓仓和我不止一次讲起关于那一夜的故事，我便问凤凤，你认识一个叫仓仓的男孩吗？

凤凤说：不认识。

我说：你仔细想想，他是你从前的朋友呢。

凤凤想了好长时间，但最终还是以肯定的口气说，她认识的朋友中，从来没有一个叫仓仓的。

银杏树

很小的时候，黑子就没见过爹，每日里娘背着他扛锄挽篮下地去干活。

黑子坐在地头，看到娘吧嗒吧嗒流着汗水水，把玉米或小麦的种子种进地里，过些时日，青乎乎、绿油油的庄稼就长出来了。黑子就觉得有意思，于是，他也种，汗水水也吧嗒吧嗒地流。但他种的却不是小麦或玉米的种子，而是一粒粒好看的石子。石子种进地里总长不出秧苗来，他很失望。

失望中黑子长大了些。下地干活可以帮娘挽着篮子。篮子里没有了庄稼的种子，却满满当当装着他好多好多稀奇古怪的想法。

是一个太阳很暖的天气，黑子又随娘下地干活了。他在地头上和一群伢崽玩，他们不知因什么事玩出了别扭。有伢崽就骂："黑子黑，没得爹。"黑子就哭了。黑子就跑到了他母亲那里，一边委屈得淌着泪，一边问："娘，我爹呢？我怎么没爹呢？"

黑子的话也许问得太突然，母亲就被他问愣住了。愣愣怔怔了好久好久，泪珠儿也一串串地淌。

"娘，你说呀，我爹呢，我怎么没爹呢？"

黑子娘就说："你爹死了。"

"死了？！那么人呢？"黑子显然不明白死是什么意思。

"死了就是埋进土里了。"

黑子想到了埋进土里的种子，想到了长出地里绿油油、青乎乎庄稼的秧苗，"爹也会长出秧苗吗？也会长出许多许多的爹吗？"

之后，别家的孩子再和他闹了别扭，再说黑子黑没有爹时，他就会露出灿烂的笑，理直气壮地说："我娘将我爹埋进了地里，等将来会有很多很多的爹长出来呀！"

伢崽们听了就笑，大人们听了就一声声叹息。

黑子夜里就常做梦，梦见地里长出了爹，梦见爹回到家里和娘说话、帮娘干活。他就拼命地喊爹。醒来时，他就看见娘一个人在茫茫的黑夜里淌眼泪。

黑子不敢再问娘关于他爹的事了。他知道，爹的种子像种进他娘心里的石子一样，永远不会发芽的。

一茬茬种子种进地里，长出了一茬茬的庄稼，又收获了一茬茬种子。黑子长大了，参军，转业。有了工作，也做了人的爹。

娘老了，死了。

那一年，转业到县文化馆工作的黑子，和着泪写了他生平的第一篇故事。故事写的是一个乡村女子救了一个游击队伤员，伤员临上前线的前一个晚上，那女子以身相许。不料在那个伤员走后的第三天，村里又开进一对国民党队伍。那女子正准备从后山上逃走时，却遇见了一位年轻的国民党士兵……

故事发表后，黑子回到了乡下。他在娘的坟前坐了好久好久。临走时，他在娘的坟前栽了一对银杏树。几年后银杏树长大了。黑子却发现，那一对银杏树都是雄株。

一只鸟

　　每天清晨走进公园时，他总要在那位盲眼老头跟前徘徊好久好久。盲眼老人是遛鸟的，一手拄着拐杖，一手提着只精致的鸟笼，笼里养着一只他叫不上名的鸟儿。鸟儿好漂亮好漂亮，一身丰泽的羽毛油光水亮，一双乌黑的眼珠，顾盼流兮，滚珠般转动着。特别的是鸟儿的叫声，十分的悦耳。更重要的是，那只鸟有个另人怦然心动的名字——阿捷。每次，盲眼老人用父亲喊儿子般亲昵的口气"捷儿、捷儿"地叫着那鸟儿，教那鸟儿遛口时，他心里就像发生了强烈的地震一般，令他不安。

　　他受过很古板的教养。退休这么长时间，除了每早来这公园里遛遛达达外，不会下棋，不会玩牌。对侍弄花儿、草儿，养个什么狗儿、鸟儿的也几乎没有一点兴趣。但自从他见了那盲眼老头养的那只叫阿捷的鸟儿之后，他就从心底生出了一种欲望——无论如何也要得到这只鸟儿！

　　有了这种强烈的占有欲，之后的日子，他就千方百计地有意去接近那个盲眼老头。盲眼老头很友善，也很豁达。他几乎没有费什么力气，就和他成了很要好的朋友。他简直有点喜出望外。

　　盲眼老头孤苦伶仃一个人。每天早晨他便很准时地赶到公园去陪老头一块儿遛鸟。他把盲眼老头那只鸟看得比什么都贵重。隔个一天两天，他便去买很多很多的鸟食，送到老头家去。他和老头一边聊着天，一边看鸟儿吃着他带来的食物。常常就看得走了神，失了态。好在这一切，那盲眼老头是看不见的。

　　有一天，他终于有点按捺不住了。他对盲眼老头说，让盲眼老头开个价，他想买下那只鸟儿。尽管他说的话很诚恳，可盲眼老头听了他的话，先是吃了一惊，继而摇了摇头："这只鸟儿，怎么我也不会卖的。"

"我会给你掏大价的，"他有些急了，"万儿八千的，你说多少，我掏多少，绝不还价。"

"你若真的喜欢这种鸟儿的话，我可以托人帮你买一只。"盲眼老头说。盲眼老头的态度也极为诚恳。

"我只要你这只！"

可是，不管他好说歹说，盲眼老头就是不卖。他打定不到黄河不死心的主意，又去和老头交谈了几次。老头仍是那句话："不卖！"这使他很失望。一次次失望，他就感觉到自己的心像堵了一块什么东西似的。他就病了。他心里明白自己是因为什么病的。儿孙们又是要他吃药，又是要他住院。他理也懒得理。

几天以后，那位盲眼老头才得知他病了。而且知道病因就出在自己的这只鸟儿身上。老头虽然舍不得这只鸟儿，还是忍痛割爱提了鸟笼拄着拐杖来看他。

"老弟，既然你喜欢这只鸟儿，这就将它送给你吧。"

躺在床上的他，看到提鸟笼的盲眼老头，听了这话，激动得差点掉下泪来。病也当下轻了许多。他一把握住老头拄着拐杖的手，久久地不丢。

"老弟，其实这并非什么名贵的鸟儿。它不过是一只极普通的鸟儿。我买回它时，仅花了十多元钱。不过，这么多年……"

"老兄，你别说了。我想要这只鸟儿，并没有将它看成什么名贵的鸟儿。"

几天后，盲眼老头又拄着拐杖去看他，也是去看那只鸟儿。可是，盲眼老头进屋时，却没有听到鸟叫声。盲眼老头忍不住了，问："鸟儿呢？阿捷呢？"许久许久，他才说："我把鸟儿放了。"他没敢正眼去看盲眼老头。可是他能想象得出盲眼老头听了这话时那种满脸诧异的样子。

"什么？你把鸟儿放了？你怎么可以放了阿捷呢？"果然，盲眼老头说话的声音变得异常激动。

"是的老兄。我把鸟儿放了。你不知道，我这一生判了几十年的案子。每个案子不论犯法的是平民百姓还是达官贵人，我都觉得自己是以理待人，判得问心无愧。现在细细回想，这一生，唯一判错的，只有一个案子。当我发现了事实真相后，未来得及重新改判，他就病死在了牢狱里。我现在已退下来了。这事也没有任何人知道。可自见了你提的鸟笼和笼中那只叫阿捷的鸟儿后，我的灵魂就再也不能安宁了。老兄，我错判的那个青年也叫阿捷呀！"他说着说着已是泪水扑面而下。他发现盲眼老头听了这话，竟然变得木木呆呆的样子，那双凹下去的眼也有泪水流了出来。但他始终没有说一句话。

几年后，盲眼老头先他而去了。他作为盲眼老头的挚友，拖着年迈的身体亲手为盲眼老头操办后事。办完后事，在为盲眼老头整理遗物时，他从盲眼老头的一个笔记本里发现了一张照片。照片上是一个身强力壮的后生。他看了照片一眼，又是看了照片一眼。他真不敢相信照片上这个年轻的后生，与他记忆中的阿捷竟然是那样的相像。他不知道，照片上的后生真的就是那个阿捷呢，还是一种偶然的巧合！

大　哥

　　大哥来信说，他要到城里来一趟，他说有件事现在看来非得让我出面帮忙了。

　　后来，大哥真的就来了。

　　几年没见大哥了。我发现眼前的大哥，身上有许多地方都发生了变化。以前，他总是修着小平头，现在却是那种很有点气势的大背头；先前爱穿西服的大哥，现在却穿上了中山装，言谈举止，总给人一种老谋深算的感觉。他抽烟，在点烟之前，总喜欢先拿眼瞄一下烟的牌子，说话也慢条斯理的。怎么说呢，我从大哥身上仿佛看到了以前乡下小乡长的那种小官僚的做派。

　　从乡下到城里，一千多里路程，不到万不得已，大哥是不会跑这么远的路亲自来找我的。吃完饭，我便有点迫不及待地问大哥。

　　我说，大哥，有啥事在信上说一下我去办不就行了，干吗非得跑这么远？这阵子地里的农活正忙呢。

　　大哥听了这话，抬眼看了妻一眼，便岔开了话题。我知道大哥是不想当妻的面唠叨那事，也便没问了。

　　第二日是星期天，我让妻带着女儿回娘家去了，关上门和大哥说话。

　　我们先扯了乡下和城里的许多闲话，然后才把话题说到正事上去。我说，大哥，你到底有啥事找我？

　　大哥说，你离开村子早，村里的许多事你不知道。卫长炎你还记得吗？就是卫兰怀的儿子。前两年他当上了村支书，在村里我好歹是村长呢，可他啥事都不把我当村长待。村里的大事小事都是他一手遮天。我在他当村支书那会儿就开始写入党申请书，可到现在，他就是不给我解决入党的事，为这事，我和他闹过几次。我说他是怕我入党对他构成威胁，自这以后，他狗日的，明里暗里总是和我斗。说实话，当不当村长是小事，我就是忍不下这口气。我知道你和书记专员都很熟的，我这次来，是想让你找找他们。卫长炎之所以在村里那么猖狂，不就是依靠权势弄了几个钱吗，他如果不当支书了，照样在我面前充孙子呢。听了大哥的话，我感到真的有些可笑。为了一个小村支书这样的官，竟然还搬到书记专员头上。但看看大哥的神色都是那样的认真。我知道，在我们乡下，人们是把村支书看得比县长、省长都要牛皮的。

大哥说，你看，当哥的这么多年了没找你办过事的，但这件事，你说啥也得帮帮我。我就不信斗不过他狗日的卫长炎！

我说，大哥，这事你放心，这样的小事，也用不着去搬书记专员，回头我给咱县的县长或书记写封信说说，他会处理好的。

大哥当下就笑了，仿佛一块心病掉了似的。这天晚上，妻给我们又弄了几个菜，我和大哥喝酒。大哥由于心里高兴，就多喝了几杯，就醉了。他躺在床上时不时就笑出了声。

妻子问，大哥让你办啥事，心里咋这么高兴？

我说，大哥是在谋权呢。

大哥来时，说过这次要多住几天。我知道大哥千里迢迢来一趟是不容易的，第二天便决定带着他到城里的公园呀动物园呀去转转。

大哥说，城里的公园无非也是山呀水呀的，哪能抵得上我们乡下的山清水秀。至于动物园嘛，就更不用看了。冬季上山砍柴哪趟不遇上几只狼呀豹的，比那关在笼子里的不知要活泼多少倍呢。

这样，我和大哥就漫无目的地在大街上转悠了一天。到了傍黑，我对大哥说，市中心刚建了一座立交桥，咱去看看吧。大哥就同意了。我和大哥刚到立交桥时，天已全黑了。华灯初上，整个城市看起来一片灯火通明，如同白昼一般。立交桥上人来人往，立交桥下车水马龙。大哥站在立交桥上，看着这景象，忽然就叹了一口气。

我问大哥怎么了？

大哥说，城里和乡下就是不一样呀！

这天晚上，我和大哥一回到家，他就嚷嚷着收拾行李。我有点奇怪。大哥说得好好玩几天再回去，怎么突然间就改变主意要回去呢？妻子女儿也一再挽留大哥，让大哥再住几天，可大哥说啥也不同意。我知道大哥的脾气，大哥这人弄啥事从来是说一不二的。大哥和支书闹矛盾能跑这么远来找我，他要是决定走怎么也是留不住的。

　　妻给大哥收拾行李时，大哥悄悄用手拉了拉我的衣角。我明白大哥一定还有话要对我说，就和大哥到了阳台上。

　　大哥又在狠狠地抽烟。大哥说，昨天我给你说的那件事就先不办了吧。

　　这一下，我更有点吃惊了。千里迢迢跑这么远路程来找我，不知那事在他心里酝酿了多久了。可事情刚刚说过一天时间又突然变卦了，这里面一定有原因。

　　我说，大哥，这事不是说好了的，我给县长写信的嘛，怎么又改变主意了？你是不是不相信我的能力？

　　大哥叹了一口气，他双眼穿过阳台，看着对面的楼房说，今天，我站在立交桥时就想，城里人现在都过上啥日子了，可我们那穷地方为了一个小官还弄来弄去明争暗斗的，真没意思呀！真的，一点意思都没有！大哥说。

铁匠铺

村口老槐树下有一个铁匠铺，铁匠铺里的风箱长嘘短叹的呼嗒声终日响个不歇，炉里的火通红通红，老铁匠光了头，铁钳从红红的炉中夹出一块锻烧得赤红的铁，于是，村子里便响起了一长一短、一轻一重敲击铁块的声响，把整个冬天敲得干梆梆的。

整个冬天出奇的冷。太阳照在原野上，仿佛一滴黄颜色的广告洇进了湖水里，稀软得厉害，俱寂的原野遂显出了十分的辽阔。

那个冬天，老铁匠突然间觉得自己老了许多。他的眼睛看东西不像以前那么清楚，似乎蒙了一层雾一层纱。握锤的手也有些力不从心，不那么随心所欲。有时一把镰刀尚未打完，就会气短心虚，大汗淋漓。更重要的是，二十四个节令"哧溜"从脑子里蹿得无踪无影。他只好开始凭自己手头敲打出来的一把把镰刀、一张张锄头来算计日月。尽管如此，他却把每个日子都记得非常准确。

就在这一年冬天，村里与老铁匠同岁或更小点的老头们都扛不住节令，一个个钻进黑丢丢的棺材里，被审起来的一拨儿后生们抬上了对面山上去了。老铁匠忽然感觉到自己离这一天也不会远了。人生就是这样，像熟透的果子，即使没有人去采摘它，总有一天也会自己从枝头上落掉的。老铁匠开始拼了老命地赶打铁锄铁镰。他要在他"走"之前，给村里每家每户备几件铁器工具。现在年轻人看不上这行道，但要在地里刨出粮食，不能没有铁器。

老铁匠毕竟老了。尽管他日夜不停地赶打，铁器仍然很少。即使这很少的几件镰刀、铁锄，也没有多少人去过问。村里的年轻人都扔了锄头荒了地，出门挣大钱去了。

地荒了，老铁匠的心也荒了。他不明白，地无人耕种，地里产不出粮食，挣的钱又派何用场。

老铁匠拄着拐棍去找村干部。村主任笑笑的："世上哪能饿死有钱人？"

老铁匠拄了拐棍去找村支书，支书也笑笑的："有钱了还能把人饿死？"

老铁匠只好蔫蔫地回到铁匠铺里。

地里的蒿草开始从一拃高长至半人高，再长至一人高。草荒了地，地荒了粮，粮荒了老铁匠的心。

老铁匠开始拄着拐杖在村口蹒跚走动。每走过一户人家，当他看着吊在山墙上那生了铁锈的铁锄铁镰时，他总要呆呆地站上半天。"钱能当饭吃么？"老铁匠常常这样想。

这年秋后，村里只有几户人家收了粮，老铁匠也就在这年秋天里丢了村口的那间铁匠铺"走"了。老铁匠没有后代。收的徒弟早随了其他年轻人去了外地挣钱了。于是风箱被人抬走，丢给了村里的五保户；打铁用的铁锤在给老铁匠砌过坟头之后，不知被谁随手拿走。唯独那铁砧人们都怕费那个力，被冷落在村口的老槐树下。过往行人累了乏了，就坐在上面歇息。

老铁匠是为村上人、为粮食担忧而死的。但也说不上他的担忧是对的还是多余的。这年年尾，出外挣钱的后生陆续回村，他们并没挣多少钱，可每个人脸上都放了光亮。他们毕竟在外面大开了眼界，毕竟学会了在脖子上勒上领带双手撑开老板裤袋神气地走路，学会了打麻将自扣……

第二年开春，后生们又吆五喝六地要出外挣钱。不过这一次临走前他们没忘了先把地深翻一遍然后撒上种。当他们从山墙取下了生锈的铁锄时，才忽然记起了村口老槐树下的铁匠铺，记起了老铁匠。他们叹息老铁匠铁器活做得恁好，却一辈子没走出过大山，不过叹息归叹息，过后他们照样出了门。

拐 子

拐子自小死了爹娘，孤苦伶仃，无人管教，逐渐养成了好吃懒做、游手好闲的恶习。

到了十几岁，同龄的孩子都帮爹娘打猪草、砍柴，而他终日袖着手，在村子里东游西荡。天冷了，他死皮涎脸地坐在别人家的火塘拐里，凭你怎样变脸做气，他都装着没看见。实在饿了，他便将队里的玉米棒掰几个，再弄些黄豆放在坡上用火烧着吃。

转眼拐子长到了十八岁，队长让他到队里干点轻松活。可拐子手无缚鸡之力，连点包谷粪也供不了，气得队长一顿臭骂。

这一年，大队组织文艺宣传队，要人，队长便把拐子送了去。

拐子去了，戏文不会唱，笛子、二胡、唢呐他一样不会。宣传队长就让他跟人专门搭台子。

那一次，宣传队到陈村学大寨工地去慰问演出。搭戏台子时，拐子不知钻到哪里磨蹭去了，直到台子快搭好了，方才跑来。搭台子的人就气不过，让他将主席像镜框挂到天幕上去。拐子无奈，只好爬上桌子。主席像还未挂好，拐子感觉到脚向下一闪，就翻了下来。可那主席像却紧紧攥在他手里。

这件事，很快让公社革委会知道了。从此，拐子便红得发紫。因为他是保护主席像而被摔拐的，理所当然地被评为先进分子。宣传队再不敢小眼看他，什么活也不让他干，只让他挂着拐杖，随宣传队作报告。每次报告，他总是要说："我在摔下桌子时，第一件事想到的就是……"

半年后，村里原来从不正眼看他、长得白嫩的姑娘秀秀嫁给了他，并且给他生了五个革命后代。

那一年，村子里的土地一骨脑儿都划到了各户。队长念他拐了腿，儿女又小没给他分地，按月分给他提留口粮。两三年过去了，村里其他人气球般肥了起来，有人还起了砖楼；而拐子家，五个孩子都到了长身体的年龄，口粮不够吃。老婆再也沉不住气了，撇下他和五个孩子跑了。拐子气得昏睡了三天。

拐子爬起来去找村长，要按人头分地。村长说："你这腿，能种地吗?"

"怎么不能? 老实说，我这腿根本不拐。"

"什么?"

"我这腿根本不拐!"

"那……"

"是我装的。"

村长不相信，众人惊得目瞪口呆。

确实，当初他只想躲几天懒，假装摔了腿。谁料到会被评为积极分子，而又得到了许多好处。他便装了下去。

现在，他要向人证明，他根本不拐。

然而，当他丢掉拐杖，刚要迈出第一步，却一个趔趄栽倒了。那腿怎么也伸不直了——他成了真正的拐子。

拐子一病不起，躺了三年。

去年冬至过后，拐子死了。

对 话

夏天即将过去时，郝钟最终作出决定，在本市的晚报上刊登一则征友启事。

启事登出的第三天，郝钟便立即开始着手做准备工作。他去买来了许多信封、邮票。他决定，凡是应征的人，无论对方什么爱好和条件，都认真地给回一封信。然后，再在这些应征的人当中选择上几个兴趣和自己爱好相投的人长期交往下去。

当然，郝钟在那段时间里，注意力放得最多的还是床头柜上的那部橘红色的电话。他甚至连上厕所都不敢太耽误，他要倾听这电话铃声，对于打电话来应征的朋友，更不能错过。他在无事的时候，已想好了许多交友"辞令"，他深信凭自己的口才，绝对能使对方在第一次和自己交谈时，就会有个好印象的。

可是，事与愿违，征友启事登出两个多星期了，不仅没有一个打来的电话，甚至连一封信也没有。郝钟仿佛是一个不停撒网，却总是一无所获的渔翁一样，开始感到失落。

也就在这个时候，一天晚上，郝钟突然接到了一个电话。打电话的是男人。语气学生而阴冷。他显然也是本市人，他既没有报自己的姓名，也未谈自己的兴趣和爱好，只说他想和郝钟见一面，谈上一谈。然后，说定了个时间和地点，便挂了电话。

不管怎么说，郝钟总算有了应征的人，心里感到一种从未有过的欣喜。他觉得这个人也许和自己的心境及处境差不多。

几天后的一个傍晚——也就是那个应征者和他约定的那个时间——郝钟将自己收拾了一番便去和那个应征者会面。尽管郝钟的生活一向节俭，但这天晚上郝钟还是破费了一次——打了一次的。

郝钟到那里时，那个不知名的应征者已坐在了公园的草坪上等待着他。这使他很受感动。

郝钟便在那个应征者对面坐了下来。开始了长达两个小时的交谈，或者是彼此都太想倾诉了，也或许是相互之间少了戒备之心，郝钟感到了从来没有过的愉快。

这种愉快的交流，使郝钟更想进一步地去了解对方。但那个晚上的月光并不怎么好，在整个谈话过程中，尽管郝种极力想看清楚对方的模样，但最终还是徒劳的。及至他回到家里他仍弄不清对方长得是个什么样子。他只是隐隐觉得那是一张非常冷峻的脸。

大约是在郝钟与那个应征者见面的第二天早晨，郝钟又接到一个电话。打电话的人就是那个应征者。他在电话里一再向郝钟道歉。他说，昨天晚上是因事未能赴约的，"你无论如何原谅我！"

郝钟听了这话，确信对方不是在和他开玩笑后，呆愣了片刻，便陷入了一种困惑之中。难道那天晚上所发生的事，是个虚无的梦？不可能！

几天后的一个下午，郝钟专程去了一趟那个公园——他和应征者见面的地方。他想弄清这到底是怎么回事。

这一次的寻访，给他带来的不仅仅是困惑，还有一种恐惧，就在公园里那天晚上他坐着的那个地方的对面，他看见了一尊雕像。

那天晚上难道我是和雕塑说了许多话吗？郝钟想，这怎么说也是不可能的呀！

佛

许多年前的一天，太阳很暖和。云盖寺的两个小和尚悟能和智能闲来无事，坐在寺庙外一边晒太阳一边扯闲话。

悟能小和尚说："听说太监过的日子和我们和尚的一个样？"

智能小和尚说："太监是住皇宫的和尚，和尚是住庙宇的太监。"

悟能小和尚说："可我觉得太监比我们强。太监心里能装女人，可做了和尚得六根清净，心里连想女人的份儿都不能。"

话扯到这里，悟能就开始谈论有关女人的一些事。他们虽然都是小和尚，六根尚未清净，但两个人性情不同。悟能一谈论起女人来，自然充满了好奇，津津乐道，喜不自禁。智能和尚却一本正经，生怕亵渎了什么似的。

悟能小和尚有关女人的话题自然寡味了。他索性站起来，向庙外走去。离庙不远的地方，许多工匠正在忙忙碌碌地为庙宇里烧制神像。这里的土质很好，烧出的瓷像和景德镇瓷差不了多少。

很快的，悟能小和尚就回到了原地。他的手中多了一尊才出窑的女人裸体像。这是在前几天偷偷塑的，然后悄悄藏在神像肚子里烧制了出来。这女人像塑得惟妙惟肖，智能和尚手里也有了一尊瓷像，这也是前几天他亲手塑的。不过这是一尊如来佛祖的神像。

自此之后，悟能和尚怀里四季就揣了那尊裸女像。智能和尚怀里也揣着那尊如来佛像。他们无论早课、晚课、打坐念经，无时无刻都想的是自己怀中揣的那尊佛。

转眼几十年过去了，悟能和尚虽然已老了，却童颜鹤发、精神依然矍铄。而智能和尚早已于十年前死去。

一日，悟能和尚与庙里年轻的和尚们讲经课时，一小和尚忽然问：

"师傅，听说智能师傅诵经打坐时，怀里总揣着一尊如来佛像，可他却为什么未能成正果？而你念经打坐想的却是怀里揣着的一尊裸女像，你却因何得到了正果？"

悟能和尚听了这话，拈须笑了笑，他起身拿来了智能和尚留下的那尊如来佛，又从自己怀里掏出了那尊裸女像，说：

"我虽然怀揣裸女，可诵经打坐时心里藏的却是个'佛'字；而他虽然怀里揣着佛像，心里藏的却是女人。不信你们去看吧。"

众和尚忙拥上前去看时，果真发现碎了的裸女瓷块中有一块小石片，石片上刻了一个大大的"佛"字。如来佛的碎片中也有一块小石片，可那上面刻着的却是一个年轻女子的头像。头像的下面还刻着一个女人的名字。

扳着指头数到十

那一年，刚过完年，爹就让娘收拾东西，说要回单位上班。

其实也没啥东西收拾的。几件洗净的旧衣裤，再就是过年时娘熬更守夜给爹做的一双新布鞋。

爹爱吸烟。娘就把切碎的旱烟装了一小布口袋放进包里。娘还将自家熬的红苕糖用刀背敲了一块用纸包了，塞进包里。

爹在一个很远很远的地方工作。爹说那地方白天狐狸都敢偷鸡呢。

我和娘把爹送到道场边。爹忽记起什么似的，从衣袋里掏出一块零钱，爹说，坎上的瓦匠昨天又犯了病，抽空去看一下。爹说话时手又在我的鼻子上刮了一下。

我说，爹，你几时回来？

爹笑着说，个把月吧。

爹就走了。

我问娘，个把月是好长时间？娘说，个把月就是一个月，也就是三个十天。那时，我还没有念书，扳着指头刚能数到十。

第二天，我随娘一块去看瓦匠。我们家的老房子漏雨，娘看瓦匠时就说了烧点瓦盖房子的事。回来时，我偷偷将瓦匠和好的泥包了一疙瘩。娘还是看见了。娘说，快给瓦匠送回去，那泥是做瓦用的。

我说，我也是有用途的。我每天用泥捏一只小狗，捏够三十个了，爹不就回来了。

娘就笑了，没再逼我将泥给瓦匠送去。

当天晚上，我便用泥捏了一只小狗。丑丑的小狗。我把它放到了屋檐下的鸡圈顶上。

开始时，我每天用泥捏一只。过了几天，我便有些急了。我知道爹每次回家，总会带好些好吃的东西给我吃，娘也会做好吃的给爹吃。我便趁娘不注意时，隔个一天两天偷偷多捏一只放进去。

　　过了一段时间，我问娘，爹咋还不回来？我的小狗已够三十个了。

　　娘说，哪能呢？咱的鸡一天一个蛋，才一个十零九个呢。

　　娘也不识字，她记日子的办法和我一个样。

　　日子过得很慢。

　　我在焦急的等待中，终于盼回了爹。

　　娘急忙从箱底摸出几个鸡蛋去做饭。我便从鸡圈顶上拿来那些小狗十只一堆，放了五堆零三只。

　　我说，爹，你这次走的时间真长，我的小狗都五个十还多了三只呢。

　　你肯定多捏了。爹边说边去掏他带回来的包。爹说，我是每天攒半个馒头。看看，34个半边，刚好是三十四天呢。

　　娘在灶间听了我和爹的对话，也插了言：狗娃，你是不是偷了娘的鸡蛋？我就揣摸着不对劲，数来数去咋就差一个呢。

　　爹就嘿嘿地笑了，娘也笑了。

　　那个鸡蛋是我偷的。我把它打碎，装进一节竹筒里烧着吃了。

三 叔

这个冬天，三叔心情特别的好，他像一尾青鱼在村子里游来游去。他豁着一颗门牙，笑起来就更显出十二分的得意。

"家旺……哼！"他总是这样说，

家旺是我们村的村长。三叔是龙，家旺是虎。龙与虎在我们村里争争斗斗了几十年，村里就村长这个位子令人觊觎，他们都觉得自己在这个位子上更合适。三叔自从被家旺赶下台，他便一直在寻找着打败家旺的机会。按三叔的意思，家旺在这个冬天，必将走向他生命的穷途末路，败在他的手下。

这天中午，三叔在村里转了一圈，又回到了他的养鸡场。他昂首挺胸地站在一群母鸡中间，手里握着拳头大的一枚鸡蛋。因此，每当太阳出来时，他总会眯缝着眼，对着太阳举起那枚鸡蛋。他一直想弄清这个鸡蛋是双黄还是单黄。

他就这么看着。

后来，他听见母鸡们在叫，他抬头一看，二皮子的头像一颗硕大的鸡蛋，正从门外朝里张望。

二皮子告诉他，村长家旺出事了，家旺的儿子将他那辆大客车开到悬崖下面去了，一同下去的还有一车人。

三叔的脸上抽出一丝笑。随即，那枚鸡蛋从三叔手上脱落了，砰出一片金黄。

三叔是在两天后去医院看望家旺的儿子的。三叔带去了一份厚重的礼物，也带去了一份凌人的盛气。两人斗了几十年，三叔知道家旺是轻易斗不败的。但这次，三叔见到家旺时，家旺却软得像一片树叶，儿子的伤并不重，但家旺的精神和他那多年苦心经营的家当却随着那大客车一起翻进了沟底。因此，他见到三叔时，自己先矮下去了三分。三叔站在家旺面前，放佛是一个好斗的拳击手突然失去了对手那样失落。

在以后的漫漫冬季里，家旺再也打不起精神。三叔似乎受了感染，也一直打不起精神。他从心底里希望家旺突然有一天能振作起来，像以前一样和他斗一斗，但他一直等到春天来临，家旺像一条死鱼一样连一个小浪花也没翻起。

三叔终于耐不住了。他在春天接近尾声时来找家旺。他对家旺说出了思考已久的想法：他准备借给家旺一笔钱，让他重新买客车跑运输。家旺没有想到三叔会这样大度，，他感激得差点给三叔跪下。看着家旺那个样子，三叔叹了口气，他心里明白，他之所以这样做，只有一个希望：希望家旺能重新振作起来，像以前那样和他斗一斗，那样活着才有意思。

游 戏

城市的一角，一群孩子正在玩一场游戏，他们先将所有参加游戏的人分成两派：一派是正面人物，另一派是反面人物，之后，他们就各司其职，全副武装，开始了一场有趣的战斗。战斗一开始就进行得非常激烈，许多敌人在正义的枪口下纷纷被击毙。当然，那些被打死的敌人，很快就会从地上爬将起来，又组成一股新的反抗势力。接着，敌人里的一名要员就被活捉了。两名战士十分荣耀地将俘虏押送到司令部那里（司令是统管正反两派的）。司令犯了难。他事先并没有想到敌人会被活捉这一点。参谋便说："司令，咱设个牢房吧！"司令觉得这建议不错，就用粉笔在水泥地上画了大大一间牢房，命令俘虏押进去，并让另两名战士守在牢房的门旁。

其时，战斗进行得正激烈。呼声、喊声、哒哒哒的枪声此起彼伏响成一片。两名看管的战士听着喊声杀声，看着那激烈的战斗场面，实在有些耐不住了。心里痒痒得如同兔跳。就在这时，其中一名战士急中生智，就想出了逃脱这苦差事的办法：他用粉笔在牢房的门旁画了两个高大的持枪者。当时，司令手下人员正告急，一看这法儿挺不错的，就满脸高兴给他们安排了新任务。

过一会儿，那名俘虏也实在有些忍不住了，也效法用粉笔在牢房里画了一个人儿。然后，也投入到火热的战斗中去了。不过，这次他已脱胎换骨，成了正面人物里的一员。

敌人一个一个被俘虏。但这次俘虏来的敌人，只在牢房里待一会儿，就被用粉笔画的人取代了。

很快地，敌人被活捉光了。所有被俘虏来的敌人都变成了正面人物。只是地上画的牢房已排成了长长的一串，并且里面都满满地关押着画的俘虏。

没有了敌人，仗就无法再打下去，也无须再打下去。于是，在参谋的提议下，大家又玩开了"过家家"。男孩女孩自然搭配开。司令用粉笔在牢房前画了一条街道，让大家依次沿街道的两旁给自己建造家园。

这次，大家的兴致似乎比先前更大。他们开动脑筋，都想把自己的家园设计得别具一格，时间不长，一座新型的城市就初具规模：亭亭玉立的中式小洋楼，拔地而起；错落有致的俄罗斯建筑，匠心独具；雕梁画栋、飞檐斗拱的仿唐建筑，古香古色。还有北京的四合院，乡村的茅庵草舍。更显匠心独运。有的还在房舍的后面修了草坪、花园、游泳池、娱乐场等等。同时，街道上也有了熙攘往来的行人车辆。此时，这些孩子似乎被这些美丽的建筑陶醉了。他们索性将自己也画进了这个迷人的城市中去了。他们想象着自己在那碧绿的游泳池中游泳的矫健姿势；想象着自己在这座城市开车穿行而过；他们想象着自己在这座城市中能进行的一切，似乎自己已主宰了这座城市。

在这群孩子中，只有那个第一次做了俘虏的孩子似乎和大家有点不一样。他没有将司令给自己画的地盘建成自己的家园。他在那块地方，设计成了一所美丽的校园——那是这个城市永远也找不出第二个的校园。然而，就在他刚刚把这所校园建好时，突然响起了一阵汽车的喇叭声。大家抬头望去，一辆洒水车呼啸而来。

孩子们不得不离开那里。他们恋恋不舍，却又无可奈何。他们眼巴巴地看着那座美丽的城市被洒水车喷洒出来的水柱吞食掉。就在这时，孩子们忽然发现，那个画了校园的孩子却依然定定地站在那里。他似乎对洒水车的到来视而不见。洒水车不得不停下来。司机恶恶地跳下车，气势汹汹地朝那孩子走过去。

事情并非向人们想象的那样发展下去。当那司机走近那孩子，望了一眼孩子面前的地面之后，他笑了。他摸了摸那孩子的头，然后跳上车关掉了车上的水闸。车慢慢从孩子身旁开过去，直到很远很远了，司机才打开水闸。于是整个街道就出现了一块干干的地面。那地面上站着那个孩子。那孩子泪流满面地望着那地面上的校园。

一个新兵与三个俘虏

老班长临死之前，躺在破庙外的草垛上，一双和善的眼睛无力地睁着。当他看到坐在旁边的新兵阿福那双仇视的目光，听着破庙里传出的鼾声、磨牙声和梦呓声时，心里不由一惊。他紧紧攥着阿福的手，久久地不肯松开。

"阿福，看样子我是不行了。押送这三个日本人的任务就落在你一人头上了，我知道是日本人杀了你爹娘，又是那个日本人烧了你家的房屋，杀了他们也不能消你的深仇大恨。但这三个日本人是我们的俘虏，你千万不能感情用事。无论如何，也要想办法将他们送到云州城去，完成组织交给我们的任务。阿福，你一定要答应……"

老班长断断续续地说。说到后来，竟成了一串痛苦的呻吟。

阿福心里却不愿答应老班长的乞求，但当他看到老班长被痛苦折磨得扭成一团的脸，看到老班长久久不愿瞑上的眼睛时，只好违心地点了点头。

第二日，阿福在破庙旁草草安葬了老班长，就准备押着三个日本兵上路。

三个日本兵虽然身上都受了伤，为了预防万一，阿福还是过细地将每个人身上搜了一遍。之后，用绳索缚上每个人的一只手，将三人连为一体。这时，天突然变了，呼啸的山风刀子一样飞来。三个日本人龟缩在破庙里，赖着不走。他们甚至气焰嚣张地攥着那只没有被捆绑的手，对阿福呲牙咧嘴。

黄昏又下开了雪。雪下得很大，铺天盖地。阿福望着破庙角落里冻得缩成一团的三个家伙，恨得牙根出血！凭阿福的经验推断，这场雪是"封山雪"，不会很快就停。"该死的家伙！如果那时走的话，无论如何也落不到这地步！"有几次，阿福拿起枪，顶上子弹，真想用枪了结了这三个家伙。但一想到老班长就埋在破庙旁，一想到老班长临死前说的那些话，他终于强压住了心头的怒火。

雪一连下了三天三夜，仍没有要停的意思。阿福心里就着急起来。这样熬下去，几个人不被冻死，也得饿死。他望着坐在火堆旁的三个日本兵，一头钻进门外的大雪中去了。雪好大好大！

一连几天，三个日本人发现阿福每次从风雪中回来，总提着半袋东西。但他们发现他们的碗里，除多了些难以下咽的野菜外，米粒越来越少了。他们又是敲碗，又是攥拳头，咬牙切齿叽哩哇啦对着阿福吼叫。阿福对此好像没有听见似的。每次吃饭，阿福都远远地离开他们，背对着他们，任凭三个日本人怎样喊怎样叫，他都吃得稀里哗啦一片响。"让这三个狗日的喊吧叫吧，再过一两日，他们也许就叫不出来了！"

果然，第二日午饭时，三个日本兵再也不喊不叫了。他们很安静地吃过饭，叽哩哇啦悄声说了一阵话后，就见一个日本人搬起了地上的一块石头，悄悄地挪动着步子向阿福靠近。危险正悄悄地逼向阿福，阿福却不知道。他没有听到日本人走近的声音。他只是背对着三个日本人，将刚刚端出的一碗热气腾腾的饭，吃得稀里哗啦响。三个日本人突然安静下来，是在他预料之中的，他并没有想到会有意外的事情发生。

阿福的背后，那个日本人悄悄地举起了石头。

"砰！"

阿福倒了下去。没喊没叫地倒了下去。

那个日本人望着软软倒下去的阿福，再望着自己举在空中的石头，不由大吃了一惊。他发现阿福的老碗里，除了冒着热气的开水外，连一片菜叶也没有。

三天后的一个黄昏，有人在云州城的街头上发现了三个昏倒的日本兵。他们身旁放着一副用柴棍绑成的简易担架。担架上躺着的确是一个昏迷不醒的中国士兵。士兵的怀里抱着一支枪，还抱着一只大大的老碗。

守　望

小油匠是在春天里死去的。

那时候，山青水绿，漫山遍野里开满了野桃花，一嘟噜一嘟噜的，很热闹。

小油匠的油坊就在村西端的那片桃林旁。

大家去看，小油匠不像是死去的样子。他躺在靠近后窗的床上，仿佛是瞌睡了过去，那"井"字格的小撑窗洞开着，一股股桃花的馨香随风而入，沁人心脾。人们看见，小油匠的身上飘落着几瓣粉红色的桃花，那张年轻的脸上，洋溢着几丝得意而满足的微笑，好像正在做梦当新郎似的。

小油匠就这样死了，身上没病没伤的，死得很安详，村里人都觉得蹊跷。

后来，村里人便纷纷相传，说小油匠其实是被桃林里的一只狐狸精缠死的。那是只修炼千年的狐狸精，一到月朗星稀的夜晚，便化作一个年轻美貌的女子去和小油匠约会。

这说说得神神乎乎的，听得大家一个个一惊一乍的，从此，再也不敢越境近那片桃林半步。但村里的那些年轻的后生却一个个脸上露出羡慕之意，说，狗日的小油匠，没枉做一回男人，死了也值。

小油匠爹娘死得早，是个光棍汉。

那时，村子穷，不仅仅是小油匠，村里好多和小油匠年龄不差上下的后生都说不来媳妇，白天在地里挖地锄草有活干，晚上在床上翻来覆去却没事做，一夜一夜的只好在月亮地里喝酒唱歌。他们先唱：女儿生得细精精，细腰细手细浑身，四两灯草拿不动，夜驮情郎还嫌轻。接着又歌：掌柜的，坐椅子，你家有个好女子，你不给我我不走，我在你门上耍死狗。

唱着唱着，大家望着那片桃树林就想起小油匠来。

"狗日的小油匠没枉做一回男人！"

一天夜里，大家又聚在一块喝酒唱歌，喝着唱着，就突然发现没见长武。有人说，好几个晚上长武都没来了。大家便去长武家喊：长武，长武！长武爹说，长武不是和你们在一块儿吗？大家说，长武几个晚上没去喝酒唱歌了。这样一说，长武爹便有些急，和大家一块儿满村子去找。

仍然没见长武。

有人猛然想起了那片桃林，想起桃林的狐狸精以及小油匠的死，便说，长武会不会被狐狸精所迷？

听了这话，大家心里一沉。

于是，几个胆大的便相互厮跟着一块儿去桃林找。

果然，等他走近时，就发现小油匠的油坊里亮着昏黄的灯光。透过窗子，他们看见长武穿着平素很少穿的那套干净衣服，坐在小油匠的那张床上，正痴痴地望着窗外的桃林发呆呢。

谣　言

　　女人的事在外面已经闹得沸沸扬扬，满城风雨了，男人才知道。

　　男人心里滚雪球似的，一个疙瘩越滚越大。女人在一家三资企业当秘书，人又长得漂亮，这种事是完全有可能的。

　　想归这么想，男人在女人面前，仍装作什么也不知道的样子，对女人一如既往地好。

　　女人却有些沉不住气了。一天，女人突然对男人说：你咋对我的事一点不关心？男人觉得挺委屈：你怎说这话，你的啥事我不放在心上？

　　女人说：外面满世界地造我的谣，说我怎么怎么的，难道你不知道？

　　男人说：谣言又不是水，说堵就堵得住。你叫我怎么去管？谣言并不可怕，可怕的是有人相信。况且，我这人从来是不信什么谣言的。

　　女人就哭了。哭得好委屈，好伤心。女人说，唾沫星子淹死人呢！我怕死了。

　　女人哭了，男人心里却暗暗高兴。阴云密布的心里随即冉冉升起一颗太阳。

　　但是，过了一段时间，又谣言四起。准确地说，这次的谣言并不再像是谣言了。事儿被说得有鼻子有眼的：男人的女人和经理两人在某宾馆正寻欢作乐时，被公安局的人逮住了。

　　男人想了想，那些晚上，女人确实说公司有事，回来得很晚。

　　男人便有些信以为真，心里像搁了个铅球，好沉好沉的。可在女人面前，男人却有意揣着明白装糊涂。一副啥事都不晓得的样子，有说有笑的，待女人更好。

　　女人却显出一副忧悒不安的样子。女人说：你别装了。你以为你心里能藏得住事？这次你总得想个法子吧！自己的女人被别人一次又一次地糟践，你能忍，我可受不了！

男人就笑了。男人是为自己突然感觉到一身轻松而兴奋。男人说：由他们去吧。嚼一嚼没的意思了，自然就不嚼了。

话是这么说的。男人心底多少总有些不瓷实。他宁可相信无风不起浪这句话。于是，男人在女人又说晚上在公司加班时，便暗地跟踪了几次。事情并不像谣传的那样邪乎。男人心里的疙瘩总算彻底冰消瓦解了。

这时候，又有了谣言传开来，说女人和她的经理的事被女人的男人发现了。男人去捉奸，就捉住了。女人的男人和经理还狠狠地打了一架，打得头破血流。男人摸了摸自己的头脸，一切都是完好无损的，就笑了，娘的，编得还真像那么回事！但笑过之后，男人就觉得奇怪：他只跟踪了女人几次，怎的也被编进去了呢？

之后，关于女人的谣言，像天空的云团一样，时聚时散。男人听到只是笑笑，并不相信了。不信了谣言，心里就没事，就很闲散，就一个人去茶馆喝茶。

那个晚上，男人又去茶馆喝茶。一个衣衫褴褛叫花子似的男人跑进茶馆，神秘兮兮地又和喝茶的人说开了最新的关于女人的谣言。坐在茶馆角落里喝茶的男人，越听越觉得气愤，最终忍不住了，揪住了那男人问：你听谁说的？那男人显然吓慌了。说：刚才一个女人在外面给我说的。

男人就跑到了门外，就看到了一个女人的背影，好熟悉好熟悉的一个背影。

男人的心里忽然害怕了起来。

回　家

民国十八年秋天，奶奶让爷爷去城里买了很多布：红的、绿的、蓝的……各式各样的布匹堆了一床。奶奶每天很早很早就起了床，悄悄梳了头、洗了脸就搬一只小凳坐在门口给爷爷和我的父亲以及叔叔做衣服。

父亲和叔叔是双胞胎，刚刚五个月。

奶奶的房屋临着小镇的街道，奶奶做一阵子衣服，便将目光移开去静静地瞅一会儿街道。黎明的街道很冷清，极少有早起的人在街道上走动。一只两只的狗，摇头晃脑大腹便便地从街道上穿行而过，样子极为从容。偶尔吠一两声，清水凌凌的响亮，越发显出小镇的空寂。

奶奶的心那时也和这清晨的街道一样的空寂。

就在这之前的两个多月，奶奶突然感觉身体不适，爷爷就让奶奶去城里的药铺看看。一个满头银发戴一副石头镜的老中医给奶奶号完脉，虽然没有说出病因，但奶奶从老中医的脸上以及爷爷那惊慌失措的表情里读懂了病情的严重。

爷爷待奶奶很好。虽然家里穷，他还是清理了家底，又东借西凑弄来了钱劝奶奶去城里治病。奶奶知道自己家里锅小碗大，她更明白这病去看了也是把钱向水里扔。况且，怀里尚有两个不足半岁的孩子。任凭爷爷好说歹说，奶奶就是不去。奶奶说，她并不怕死，一个人来这个世界上迟早总要走这条道的。她只是担心两个儿子尚小，她死了没人照顾；她只是担心她死了爷爷白天没人做饭，夜里无人暖脚，衣服破了无人缝补，有个三病两痛的无人服侍。

奶奶这话就说得爷爷的泪珠儿稀里哗啦地流，流得一塌糊涂。奶奶不去城里看病，爷爷就去城里买药。他无论如何要尽到自己的一份责任。

　　药吃过一包又一包，爷爷兜里的钱几乎全都扔到奶奶的药罐罐里去了，可奶奶的病情却一日重似一日。奶奶心里清楚，她无论如何是熬不过民国十八年的秋天了。便硬让爷爷将买药的钱买了布，她要在有生之日里给爷爷以及不足半岁的父亲和叔叔缝制出足以穿三年的衣服。

　　后来的一天，爷爷去城里给奶奶抓药就没有回来。小镇人说，在小镇去城里的山道上两支队伍接上了火，死了好多人。奶奶听了这话，心里好疼好疼。她淌着泪去那里找爷爷。她是要死的人了，可以没有男人，但两个孩子是不能没有爸爸的。

　　奶奶在横七竖八的尸体中找了一天，活没见爷爷的人，死没见爷爷的尸体。

　　夜里回到家里，奶奶望着空荡荡的房屋，再望着那两个酣睡的孩子，突然意识到：爷爷是将这个担子交给她了。

　　奶奶再也顾不上坐在门口缝衣服了。两个孩子两张嘴要吃，她得去地里干活；孩子病了，要治，她得去为孩子弄抓药的钱。奶奶一日一日地巴望着孩子长大。

　　两个孩子果然长大了。他们已穿完了奶奶提前为他们赶做的三年的衣服。但奶奶并没有死去。更为奇怪的是，奶奶的病也似乎从体内消失了。

　　三年后的一个晚上，奶奶哄睡了两个孩子，正待上床睡觉时，有人敲门。奶奶打开门看，不由吃了一惊：门外站着爷爷。奶奶两手揉了揉发花的眼睛，再仔细一看，还是爷爷。

　　爷爷脸上也是一副吃惊的样子。

　　最终还是奶奶颤着问了一句："你是人还是鬼？"

　　爷爷说："我怎的是鬼？那一回我被人抓了壮丁。"

　　奶奶就哭了。奶奶又病了。几个月后奶奶就死了。

　　奶奶死了，爷爷哭干了泪。以后的岁月里，爷爷总是在不停地叹息，他说那时他真不该回家！

小　满

前几天，不知怎么的突然之间就想起了小满来。十年前，那个让鹤城许多男人夜夜都躺在床上胡思乱想过，又让许多男人为之遗憾过的小满，就像早上的一缕阳光，一闪，就挤进了我的脑子里。

我满脑子都是一种亮堂堂的感觉。

第一次见到小满，是在春天的一个早上。小满推着一辆童车，童车的上面插满了花花绿绿的风车。正是春暖花开的季节，小满推着童车呼呼隆隆地走在绿树掩映的鹤城老街上，就仿佛是一幅画。

童车里面坐着的是一个大约有半岁多的小孩，小满一边走着，一边逗着那小孩，小孩就像一只雏鸡一样，被小满逗得嘎嘎地笑着。我看着小满推着那辆童车一路走到了一个早餐摊前，她要了一碗豆浆，两根油条，坐在那里开始给那小孩喂了起来。

那时，我刚到鹤城时间不长，关于小满的许多事我并不知道。小满看起来也不过是刚刚十八九岁的样子，她走路有时还一蹦一跳的，浑身上下都充满着少女的蓬勃的气息。我想，她不过是带着她的弟弟或者是她的侄子，也或许根本就是她邻家的孩子。我甚至在走过她的身边时，还故意挑逗性地吹起了口哨。那时，在鹤城男孩子中间最流行的就是吹口哨了，男孩子如果觉得哪个女孩漂亮了，想引起她对自己的注意，从她身边走过时，就会吹一吹口哨。那样子很有些可笑，好像是一只公狗见了母狗就摇尾巴一样。

我的口哨并没有引起小满的注意，倒是那个坐在童车上的那个小孩听了我的口哨声，对着我咯咯咯地笑了起来。样子很是可爱。

太阳刚刚出来，我踩着小满拖在地上那长长的影子说，嗨！你的弟弟长得真可爱!

小满没有理我,她放下碗,推起童车头也不回地匆匆地走了。

后来,我才知道,那个小孩并不是小满的弟弟,也不是她的侄子,更不是她邻家的孩子。他竟然是小满自己的儿子。

小满年纪轻轻就生了儿子,这让我没有意料到。好奇心让我极力想知道,这么一朵鲜花会开在怎样一堆牛粪上。我开始在我熟识的人中间打听她的丈夫。被问的人听我打听这事,都用奇怪的眼睛看着我说,连小满她自己都不知道的事,你问我?告诉你吧,小满也在找呢,你没看见她一天一天地往派出所跑吗?

派出所在鹤城东背街的一条老巷子里。

我们看见,小满果然是隔个一天两天的就要推着她的儿子去派出所一趟。

小满把童车就放在派出所门外的那个铁匠铺的老柳树下,她进了派出所什么也不说,就那么一言不发地坐在老所长的对面。坐得老所长心里一阵一阵地发毛。老所长有些无奈,他堆着一脸的笑对小满说,小满呀,我们比你还急呀,你就别一趟一趟地跑了,我们逮住那家伙了就立马通知你。

小满什么也不说,她擦着脸上的泪,就转身走出派出所。

小满走出派出所的大门了,听见站在派出所院子里的老所长还在那里叹息:小满这孩子,当初要是听人劝将这孩子做掉了,事情过去了也就过去了!

小满走向铁匠铺,远远就看见微风将童车上的风车吹得呼啦啦地转。她的儿子正兴高采烈地坐在老柳树下的童车上,看着老铁匠和小铁匠将一块烧红了的铁敲打出一片星光。

老铁匠和小铁匠父子俩是四川人,鹤城人将他们叫四川蹶子。他们说话总是把腔调拖得长长的。好像是春天里小河里的小蝌蚪,尾巴一摔一摔地。

小铁匠和小满差不多年纪,他看见小满来了,那柄握在他手里的铁锤仿佛就不听使唤了似的,时不时地就抡了空。那好听的叮当声就乱了套,就没有了节奏感。

小满坐在老柳树下，就听老铁匠就有些生气地说，你走么子神哟，差点砸了老子的脑壳！

日子在叮当叮当的节奏声中，就这么一天一天地过去了。小满再去派出所时，我们看见她就不再用童车了，她的儿子可以在铁匠铺里到处跑了，她的儿子可以说扁担长板凳短了。老铁匠和小铁匠对小满的儿子很好，小满去派出所时，他们干脆就停下手里的活哄着小满的儿子玩。老铁匠见了小满就说，小满，赶明儿我给你打把刀，等哪一天派出所将那人抓住了，咱拿刀砍死他！小满听了这话，只是笑笑。

又一个春天到来时，小满的儿子突然大病了一场，小铁匠帮着小满将她的儿子送到了医院里，小满的儿子高烧不退，医生说这孩子怕是保不住了，我们还没见过怎么用药都退不了烧的。小满就跪在医生的面前求医生再想想办法。那些天，小铁匠也几乎一刻不离地和小满一块守那孩子。

也许是小满的真情感动了上天，第七天，小满的儿子终于醒了过来。当小满的儿子喊着妈妈说，他要吃饭时，在场的人几乎都惊呆了。小满儿子那一口地道的鹤城方言竟然变成了正宗的和小铁匠一模一样的四川话了。

这事很快就在鹤城的大街小巷中传开了，而且越传越神。

小满没事时，依然带着她的儿子到铁匠铺里看小铁匠和老铁匠打铁，小满从心底里感激着小铁匠，在看着她的儿子用一口的四川话和小铁匠说着话时，心里有一种说不出的欢喜。

可是，这种欢喜的日子就像是兔子的尾巴，是那样的短暂。一件意想不到的事发生了。

那天，派出所的老所长带着几个警察来到了铁匠铺，他们什么话也没有说，就用铐子铐走了小铁匠。

很快传出话来，小铁匠就是当年糟蹋小满的那个人。我们鹤城派出所一向断案很糟糕的老所长，这一次突然大胆地从小满儿子的口音上找出了线索，并没有费多少事，小铁匠就承认了事实。

那天，鹤城的人几乎都将目光集中在了小满的身上，当她带着儿子进了派出所，人们都认为，小满用了五年时间总算找到了凶手，她一定会将他千刀万剐的。没想到她见了老所长一下子就跪在了他的面前，小满说，老所长，求求你放了小铁匠吧，事情都过去了这多年了，我也不想送他进去了，我只想给我的儿子一个完整的家。

水水之死

那时候，不知因了什么，水水的魂被良良收了去。水水是村里最漂亮的姑娘，远远近近的后生都暗暗地喜欢上了水水，个个摩拳擦掌，请人搭线想讨水水做老婆，可水水的魂单单就被良良收了去。

良良的父母走得早，家里很穷，穷得光腿杆儿打凉席。水水的父亲虽然死活不同意这门婚事，可水水吃了秤砣铁了心，最终，水水还是嫁给了良良。

水水自小也是过苦日子长大的。她知道良良家里穷，穷日子自然有穷日子的过法。她只希望自己和良良能平平安安白头到老就行了。

可良良毕竟是男人。水水拼死跟了自己，自己绝不能让水水受委屈。

于是，新婚不久，良良就只身出了门，他赌咒发誓，一定要挣好多钱回来，让水水过上好日子。

然而，水水做梦也没想到，良良这一走就再也无音无信、无影无踪了。她急得哭过一场又一场，又是烧香又是拜佛，又是托人四处打听。可整整三年过去了，仍旧没有良良的任何消息。

水水一夜一夜地哭泣。她悔不该当初同意了良良出门去挣钱。她想，良良一定是一个人在外出现了意外。她甚至想良良有可能已不在这个世上了。就在她开始对良良感到绝望时，有一天，她忽然收到一封信，是良良的信。水水好高兴好高兴，她的良良还活着！这天夜里，水水一夜没合眼。第二天，她去了小镇一趟，直到天黑，她才做贼似的慌慌乱乱摸回家。

水水一回到家里，心里就更加慌乱。她闭了窗，又用木杠死死地顶了门，然后才颤着手从怀里掏出那摞钱来——这是良良寄回来的，足足有5000元。水水望着眼前这一大堆钱，突然一下子慌得六神无主了。她一遍遍摸着这些钱，思来想去，不知道怎样放才好。她翻箱倒柜，屋里旮旮旯旯瞅个遍，也没能找出个安全可靠的地方。良良在信里一再叮嘱，钱不能放在银行里，取回来一定要保管好。这是他这三年多来挣的血汗钱哪！这一夜，水水整整折腾了一宿，直到天亮，她无可奈何时，才草草地找个地方把钱藏了起来。

自从有了这5000元钱，水水的日子一下全乱了方寸。村里人已知道良良不仅活着，而且在外面还挣了好多钱。而水水呢，越发心里没有了踏实。她吃饭操心着那钱，上厕所也操心着那钱。夜里睡觉恶梦一个接着一个做，有时出门办事，虚怯得更是提心吊胆。

良良又来信了。村里人知道良良寄了信回来，心里羡慕得要死。可水水看了信，心里却着了火般，七上八下的。夜里睡觉，稍有风吹草动，她便会一下子从睡梦中惊醒。如此这般，水水一夜一夜睡不踏实。一个多月过去，水水完全换了个样。人一天天消瘦，精神也开始一天天恍惚。

之后，良良又来过几封信。良良每来一封信，水水人便消瘦一圈。人也青天白日见了鬼一般失了魂丢了魄。

水水就病了。水水病了，心里更操心那钱——那是良良三年的血汗钱呀！

良良的信一封封来，水水的病就一日日加重。水水躺在床上，脑子里一会儿出现的是那5000元钱被老鼠咬了，一会儿出现的是房子起了火，烧了那笔钱，一会儿又是看见一帮人操刀弄棍来抢钱……

终于有一天，村里人忽然发现好多天没见水水了。他们来到水水门前时，发现水水的门是从里面死死顶着的。他们先是感到事情有些蹊跷，后来便意识到事情有些严重，就撞开了水水的门。

水水躺在床上，双眼睁得大大的。可水水却死了。

村里人好生奇怪。

安葬水水时，良良没有回来。

半年后，村里出外挣钱的人回来说，他在一座大城市里看见一个人，怀里搂着一个漂亮的小姐，坐在两头平的车里从街上过去。他说那人很像良良。

故　事

那个故事，是男孩在一次和朋友聚会时，听别人讲的。

那时候，男孩居住的这个城市正处在夏天，男孩的厂子停产放长假。每天里，男孩除了写点劳什子文章赚点稿费外，大部分时间都无所事事。男孩便骑着单车去郊游，去遛公园，去游泳。偶尔也和朋友们去茶社或小酒吧小聚一次。

男孩就是在这时认识女孩的。

女孩很别致，无论是衣着外貌或是言谈举止都挺出众。

男孩知道自己目下的处境，他明白和这样的女孩只能做朋友而不可能谈恋爱。但女孩似乎并不在乎男孩的地位和处境，她一任自己的情感暴风骤雨似的向男孩泼去。男孩就不由自主失去了理智。

"和这样的女孩相爱，你不神魂颠倒才怪呢!"后来，男孩常常对朋友们这样说。

那段时间，男孩和女孩如同开足了马力的车似的，不消多长时间，彼此就将爱送上了巅峰。他们几乎像电影里的那些不食人间烟火的红男绿女，在公园的花丛间，在旷野的丛林里，甚至在沙滩上抑或随便选个背人眼目的地方，都可以如胶似漆地爱得死去活来。

后来的一天，男孩和女孩在他的宿舍里正相拥长吻时，男孩子突然之间就想起了那个故事。想起了那个被他遗忘了好久的故事，男孩在那一刻不知怎的就产生了一种想把这个故事讲给女孩听的欲望。

男孩就讲了。

男孩说，从前，有一个女孩到了待嫁的年龄。村东有一青年，家有良田万倾，只是这青年长得又呆又傻。而村西有一青年，一表人才却家境贫寒。女孩同时喜欢上了两个人。一天女孩的母亲问女孩到底喜欢哪一家，女孩迷茫着双眼，却不知作何选择。女孩的母亲说，你若喜欢东头那家，就伸出右手，若喜欢西头那家就伸出左手。女孩想了想却同时把左右手都伸了出来。

男孩讲完这个故事，以为女孩会好奇地问他后来的结果，没想到女孩却哭了。女孩像做错了什么事似的哭得很伤心。男孩就有点手足无措。他不知道自己因什么伤害了女孩。他伸出手想为女孩擦去脸上的泪水，却听见女孩突然说道："原谅我吧，我不是有意要骗你。我是真的爱你。"

听了这话，男孩愣怔了一下，仅仅是愣怔了一下，紧接着就听到"砰"地一声响。等他回过神时，女孩已悄然离去了。他看到的却是那扇刚刚在女孩的背后关闭的门。

劝 婚

长来去找村长的那个晚上，正下着小雨。

大概是喝了酒的缘故。长来进门时，脚步有些踉跄。头发湿淋淋地贴在头皮上，一缕一缕的，就像一瓶墨水当头泼上去似的。

长来和村长的关系很友好。长来没结婚前，两人常在一块打通铺。

长来说：今晚咱俩打通铺吧。

之后，他就坐在了村长的饭桌前，从怀里掏出一瓶很不错的酒。长来这几年在村里包了一块果园，手里挣了不少钱，日子过红火了，喝酒的档次越来越高了。

村长说：长来，你这是咋的了？好好的不在家里守着新媳妇，干嘛跑我这里打通铺？

长来却不说话了。拧开酒瓶，一人倒了一杯，饮牛似的咕咚一下便喝干了。

村长就给长来递过一双筷子。

长来是个左撇子。一村的人就长来是个左撇子。村长看着长来夹菜的样子，总感到有些别扭。长来每夹一筷子菜，村长的左手臂弯便会隐隐地感受到一种酸麻，一种难以言说又难以忍受的酸麻。更要命的是长来吃菜。他将菜送进嘴里，即使是最软的菜，也会被他嚼出猪吃食似的一片轰响。村长听到这片稀里哗啦的声响，心里突然就感到了一阵恶心。

村长说：长来，你这是咋的了？

长来只管喝他的酒，吃他的菜。只是不说话。

村长一直想让长来换个手夹菜。把吃菜的声音弄小点，最终还是忍了忍没说。

村长只好在猪吃食似的一片响声中，忍受着心里的翻江倒海，看着长来别扭地用左手拿着筷子，吃完了盘里的菜，喝光了瓶里的酒。

后来，长来就醉了。

醉醉的长来醉醉地说：菜花，求求你了，咱别离婚吧。这样说着时，长来就呼噜呼噜地睡过去了。

长来果然就和村长打开了通铺。

村长本来不想去管长来的事，两口子过日子，一个锅里搅勺把子，一盘炕上并排睡，哪有不磕碰的呢。吵了闹了，过段时间哪个想通了，低低头说几句软话，就会和好的。

但这样过了一段时间后，村长首先就耐不住了。他就越来越忍受不了长来吃饭时左手拿筷子的样子。更难以忍受的是长来吃东西时嚼出的那片猪吃食的声响。村长感到他的手臂一天比一天酸痛得厉害。只要一听到长来吃东西，他的胃就开始翻腾。

村长只好去找菜花。村长说：菜花，长来是不是欺负你了？

菜花说：没有。

村长说：那他是不是这两年手里挣得有几个钱了，就烧包开了，在外面有了相好的？

菜花说：他有这个贼心，也没这个贼胆。

村长说：菜花，这就是你的不是了。这没有那没有，好好的日子，不好好过，闹腾离啥婚？

菜花说：村长，长来对我好，我心里清楚得跟镜子似的，可你不知道，我和他一结婚就发现他是个左撇子。我给他说过多次，让他换成右手，他就是换不过来。不知怎的，我一看见他拿左手吃饭，心里就别扭。左手臂就酸就麻。

村长心里咯噔了一下。

村长说：菜花，左撇子多着呢，要是因为左撇子就闹离婚，天下要有多少人闹离婚呢。

菜花说：别人怎么着我管不了。反正我是受不了。况且，他吃饭时总是弄出很大的响声，猪吃食似的。我一听见就恶心，就吃不下饭。

村长心里又咯噔了一下。

菜花说：他洗碗也和别人不一样，总是要大腕擦到小碗上面。让人看了就不舒服。

村长说：你就不会给他说说，让他改一改？

菜花说：他改不了。习惯了，说一百次也改不了！

后来，村长就走了。村长本来想再劝劝菜花的，想了想没劝。

小 河

　　一条小河。小河的水只有老碗粗的一股股。小河的这边坐着一个洗衣人，是男人；小河的那边也坐着一个洗衣人，是女人。男人是没了女人的男人。女人是没了男人的女人。男人每每下河洗衣服，就在这里遇见女人。遇见了。彼此看一眼，各自坐下来洗衣服。男人不语，女人也不语。水很清亮，有时，他们不约而同地停下手中的活，两个人就变成了四个人，越发显出一种孤独来。

　　后来的某一天，男人知道了那女人叫云云，娘家就在对面的山洼上；女人的男人是去年春天在山西挖煤时被煤窑塌方砸死的；男人死了，婆家人说她是个克星，把她撵回娘家；女人回到娘家后，靠给镇上供销社洗盐袋来维持生活。男人知道了这些，心里就很同情这女人。再一次在这里相遇时，男人便很想找几句话来安慰这可怜的女人，嘴张了几张，却发现是隔着一条小河的，就又把话咽回肚里。

　　又是一个黄昏，男人像一只蛤蟆似的蹲在捶布石上，手上洗着衣服，心里却一遍一遍地念叨着那可怜的云云。这多时日，男人都没遇着那女人。男人听说，云云的爹娘也不给云云好脸看了，心里很难过。他要等着云云来给她说："都不要你，我要。"男人是有女人的，那女人生得好韵致呢，只是后来嫌这个地方苦，跟着山外人跑了。跑了就跑了呗，偏在跑之前，放风说他是个不中用的男人……男人想着这些事时，猛地就听到了河对岸传来了很响的搓衣服的声音。男人抬起头来，就看见了河对岸的云云。女人是啥时来的，他不知道，只是看见了女人身上那件从未穿过的火一样撩人的西服外套；只是看见了女人脸上那虽然经过精心修饰但还是没能遮掩的青紫色的斑块；只是看见了从女人两眼里滚出的泪花。男人看着看着，"扑通"扔掉了手中的衣服，猛地从捶布石上站了起来。河里的鸭子和女人都被衣服掉进水里的声响吓了一惊。鸭子扑闪着翅膀上了岸，女人却连忙埋下了头，独给男人一头秀发。那头发实在是美死人了！男人目光落在上面，兀自失去了一半勇气，只好又坐回捶布石上，拿起衣服搓揉出一种很响的声音让女人听。那潭里的水就被他搅出一浪一浪的水波向女人那边漾去。水波浪到女人那边，女人搅动的水波又浪到了男人这边。可是两个人要说的话依旧留在各人的心里。

夜里，男人回想起那河里荡来荡去的水波，忽然心潮涌动。他将那洗净的衣服重又倒到地下，把它弄得脏兮兮的。男人想：明天我去洗这些衣服时，一定要到小河那边去，把自己心底的话向女人表明。他在心里一遍遍地设想着女人听了他的表白后的种种表情。想到极处，他就从箱底拿出那套他偷偷地为女人买的衣服看，看了又放回去，放回去又拿出来，就这样整整折腾了一宿。

第二天，男人果真拿了那些脏衣服去了小河边。女人依旧在小河边洗她的盐袋。只是洗盐袋时，总好像丢了什么似的显得心神不宁。见了男人，女人连忙惶惶地勾下了头。

男人的目光在女人那美死人的头发上搅缠了很久很久，洗完了衣服，却什么也没说。

一连半个多月，男人没再下河去洗衣服。而那套他偷给女人买的衣服已脏得跟穿过一样了。

这天，男人实在是再也憋不住了，拿起衣服，飞快地跑到小河边。这期间，下过一场雨。小河的水就向两岸逼近了一些。原先的捶布石已被水淹了一大半。男人站在岸边，揉了揉眼睛，确信坐在对岸洗盐袋的不是云云，而是一个四十多岁的女人时，装衣服的盆子"咣啷"一声从手中掉在地上。他鞋未脱，裤子未绾，就趟过了小河。他扑到那女人面前，逼着女人一遍一遍地追问，女人却并不言语。

"云云呢？"

女人摇摇头。

"云云怎么不洗盐袋而让你洗？"

女人摇摇头。

"是不是她大妈逼着她女儿嫁人了?"

女人摇摇头。

男人急了，一掌推翻了女人骂道：

"你哑巴了?"

女人点点头……

桂　花

高高的山梁上有一棵树。是一棵桂花树。

桂花树很大。于是，树背后那两间墙皮已被风雨蚕食剥落了的石板房，越发显得矮小。

石板房里住着一个女人，一个独身女人。

桂花开了，谢了；谢了，又开了。女人仍旧是孑然一身。

那个时候，女人干完了一天的活路，就在桂花树下坐出一种姿势，怀里抱着与她为伴的老花猫，守望着桂花树，把一天剩余的日子打发掉。夜色渐浓，猫不叫，人不语。如绳的小路在苍茫中延伸，山野寂静，女人心里也空空。

女人叫桂花，长一副白筋筋的脸面。小巧玲珑的腰身，软软的，就是石头心肠的男人看了，也会生出许多念头。桂花的娘家，在一个比这个地方更苦焦的山沟沟里。因她有了这般娇好迷人的腰身，因她有了这般爱死人的脸面，就嫁到了这个比她娘家好出十倍的地方。做女孩的千般好处就在这里：男孩子生在了哪里，便像这棵桂花树一样，永远不能挪动。而女孩，就可择地、择人而嫁。更何况桂花又是这等出众、漂亮的女子呢？

桂花嫁到这里时，正是八月。米黄色的桂花开得正旺，浓浓淡淡的幽香飘出老远老远。那天，山里的沟沟洼洼，一下子冒出许多人，他们走十里八里，赶到这里，看一眼做新娘的桂花，就叹一声天底下还有如此这般水灵的美人！桂花那熊背虎腰的男人，拥着桂花，得意得不得了，从家里搬出深藏在红苕窖里的桂花老酒，把那些老死不相往来的村人，喝得一塌糊涂。

但是，就在第二年春天，桂花那熊背虎腰的男人，在修山里通往山外的公路时，终没能顶过一块大石的突袭，丢了她，丢了那两间石板房，丢了那棵桂花树去了。男人去了，连个养崽的种都没给她留下，而给她留下的却是"灾星"、"克星"的坏名。村里人本来来往就少，现在见了她，更像逃避瘟神似的，躲得老远。公路通了，山里热闹了起来，而桂花空守着那棵桂花树，更加冷清。到后来，冷清惯了，也就不再感到冷清了，她便养了一只猫。她就一天天抱着那只老猫坐在桂花树下，看山里人沿公路去了山外，看山外人沿着公路进了山里。

又是八月。某一天，一个山外来客路过她门前时，发现了她和她背靠着的那棵桂花树。那人走近她，说："大嫂，将你这棵桂花卖几只与我吧！"她说："这么大一棵树，卖什么？你随便折吧！"那人搭梯爬上树，足足折了一抱，然后，将它插在车头，骑上车走了。临上车时，那人回过头，冲她感激地一笑。这些年，她几乎没有见过笑是怎么一回事。她心里好激动哟，她感激地向那人点了点头。

这之后的日子，桂花的生活发生了很大的变化，好似平静的水潭，一下涌来了许多鱼儿，在水中搅出了许多七彩的浪花儿。

就在那折桂花的人走后的第二天，桂花吃罢早饭，在炕栏上拴了老猫，正待上后坡去收南瓜时，猛然发现，从公路走来许多人。老的、少的、姑娘小伙，纷纷朝桂花树下涌。桂花的场院里顿时热闹起来。笑声一浪盖过一浪，惊跑了满树鸟儿，带走了笼罩场院多年的死寂。桂花知道了他们都是来买桂花时，忙放下手中的篮子，搬来梯子："买什么！想折哪枝折哪枝吧。"然后，忙里忙外，沏出一杯杯酽酽的桂花香茶，让折花的人喝得满嘴生津。

折花的人一天比一天多起来。桂花看着人们折走一搂一搂的桂花，心底也就萌生了许多快乐的感觉。她陡然间觉得自己年轻了许多。她专门跑到后梁上，采摘了野皂荚，将头发洗得又黑又亮，再在鬓角上抹了小灰，用丝线绞掉了绒毛。当她穿上压在箱底多年的还是新婚燕尔时穿过的衣服时，仿佛山里的太阳亮了许多。桂花干完了地里的活，不再抱着那只老猫坐在桂花树下了。等树上桂花全都凋谢之后，她在树下挖了很大一个坑，拼力挑了几担粪，倒在树根上。她要让明年的桂花开得更稠更香，要让更多的人来分享桂花的馨香。

　　果然，第二年桂花开得比任何一年都多，密密层层叠满一树。采花的人更是蜂涌而至。他们本是冲满树桂花而来的，及至他们匆匆赶到树下，打算采摘花枝时，目光却不由自主都粘在了女主人身上。他们万万没想到，这女人竟是这样的漂亮。真是深山藏娇啊！那楚楚动人的腰身，那迷人招魂的神韵，简直令他们神魂颠倒。一时间，有关桂花的种种传闻，纷纷在山外的小镇上传开。一些本不采桂花的后生，也按捺不住了。拾掇得利利索索，争先来到桂花树下，以各种方式取悦桂花。若讨得了桂花的一笑，便喝晕了酒般地乐。临走时，手上并没有采什么桂花，只是心里采着了女主人桂花那最最迷人的神韵。桂花呢，也很快地明白了这一切，心底埋藏多年的一种欲望就在萌动。桂花知道，她的桂花被人采走了，她的神韵被人采走了，她的心也被人采走了。

　　这一年秋后，村里人忽然发现桂花失踪了。

　　有人就猜测，桂花是不会离开这里的。因为她男人死了这么多年，桂花从未动过什么念头；也有的说，桂花是离开了这里。因为人们似乎记得，某个云雾缭绕的早晨，桂花臂弯里挎着一个包袱，手里端一棵桂花树苗，顺公路出山走了的……但无论村里人作出怎样的猜想，事实却是：桂花不见了。

　　桂花不见了。高高的山梁上从此只留下了一棵树，还有那树后的矮塌塌的石板房。

疯 女

疯女先前并不疯，且长得很俊，俊得如一朵亭亭玉立的出水芙蓉，惹得许多年轻的后生个个神魂颠倒，睡梦里都"梅梅梅"一个劲地喊。

梅是疯女的名字。

那时候，梅只有十七岁，在小镇的中学读书。梅的学习成绩一般，戏却演得出神入化，学校里几乎每排一场戏，都是由她出任女主角。自然，唯一能出任男主角和梅搭档的就是良了。良是学校文体委员，良喜欢唱戏是假，喜欢梅是真。良明白，和梅这个俏女子能保持近距离的唯一方式就是在戏台上了。许多人眼见着良在台上把梅那软绵绵的小手摸来摸去，妒嫉死了良。

戏演过一台又一台。果然，梅和良就好上了。好得如痴如醉，如胶似漆。

转眼，梅和良都中学毕业了。梅和良都没能考上大学。梅回了乡下，良也回了乡下。

这一年，梅十八岁。十八岁女子一朵花。许多人便纷纷托亲找友地请人去梅家提亲。

梅的爹自然听到了梅和良之间的一些风言风语，梅的爹自然是不同意这门亲事。他嫌良的家太穷，便私下里自作主张收了镇供销社刘主任的儿子华提来的四色彩礼。华在小镇上有一份工作。

梅见爹收了华提来的彩礼，心里就着急，吃不下饭，睡不着觉。她不喜欢华，却又犟不过爹，爹说："你若不和良断了关系死了心，看我不砸断你的腿！"

梅没得办法，没办法就去找良。她想和良合计合计想个办法。

梅见到良，说了眼前的处境，两人就哭作一团："良，你拿主意想个办法吧。"

良想不出办法。良死也想不出办法，就勾着头不停地扯地上的草，扯得梅心里一堵一堵地慌。

梅想起了她和良唱戏时许多美好的日子，越想心里越凄惶。想着想着，梅就有了主意。梅说："良，说心里话，你真的喜欢我吗？"

良说："喜欢喜欢！"

梅说："如果将来我发生了意外，你还喜欢我吗？"

良就对天发誓："不管你将来怎样，我都会像现在一样喜欢你。"

梅就满心欢喜地笑了。

日子一天一天往下过，转眼又是半年过去。这半年，供销社主任的儿子华三天两头地来梅家纠缠。梅只是不冷不热地应付，就是不答应这门婚事。爹对她软硬兼施，仍是无济于事。梅说："爹你就是打死我，我也不会嫁华的！"梅的爹就很着急。他用过了刘家不少彩礼钱。无可奈何之下，梅的爹最终就想到了最蠢、也是乡间最常见的一条路。

之后，华再来梅的家时，梅的爹就给华出主意，就借故外出。梅的爹想让华强迫梅生米煮成熟饭。梅的爹不忍心这么做，可不这样做又怎样做？

终于，有天傍晚，人们听到梅在屋里发出几声惊恐的叫声。紧接着人们看见梅披头散发哭哭笑笑、哭笑无常地满院里追打着华。

梅疯了，梅正天躲在屋里不出门，嘴里不停地说有人要害她。

梅的爹又急又悔，四处请医生，想给梅医好疯病，梅见了医生又哭又笑又闹，医生没法看病只好走人。

很快地，供销社刘主任就提出了解除梅和华的婚约，那彩礼钱也没让梅的爹退。

村里人好一阵叹息。都说，一朵好花给糟蹋了。只有梅心里清楚，她没疯，她这样做，完全是为了和良的爱情。

一切都平静下来后，梅便喜不自禁地去找良，良看到梅，满脸惊奇地看了好久才说："梅，你还认得我吗？我是良，你的病好些了吗？"

梅说："你也相信我是疯了吗？我根本没有疯的！"

良的脑袋摇得像拨浪鼓："别说疯话了。梅，听我的话吧，好好将病治好。"

梅说："良，还记得那次我给你说的话吗？我真的没疯，不信你摸摸我的手，有疯病人的手心是烫的。"梅说着就将手伸给良。然而，还未等梅的手触到良的手，良的手就像触到了电似的甩开了。

梅怔了一下，又怔了一下。然后，怪声怪气地笑了起来。

这次，梅真的疯了。疯了的梅又哭又笑，偶尔也唱一两句先前在学校演戏的台词。

出　轨

　　吴疆正在和朋友吃饭，突然感觉大腿根儿麻了一下。知道又是董梅给他发短信了，就借口上厕所，去看董梅给他发的短信的内容。

　　董梅的短信，一天有好多条，她给吴疆发短信几乎没有什么规律可言，想起来了就发过来。有时吴疆正在开会，手机叽叽哇哇就响了，甚至有时睡到半夜了，短信说来就来了。常常弄得吴疆措手不及，吴疆只好把他的手机调到振动状态。

　　吴疆有时候也想自己说服自己，我和董梅的关系很正常呀，清得像水，白得像纸，干吗要心虚呀，好像两人做了什么见不得人的事了似的。想是这么想，可一旦董梅的短信发来了，心里还是有几分紧张。

　　要说，董梅给他发的短信内容，也没什么不可示人的。多数都是将别人发给她的短信篡改一下，加一点小女人的智慧和温柔，再转发给他。偶尔也发几条看起来有点暧昧，有点肉麻，有点骚情的内容，分寸掌握得也是十分的得体，完全是一种玩笑的口气，进退自如，你没法把它当真。

　　可不知为什么，只要董梅发来短信，他就会莫名其妙地心慌。

　　对于董梅的情况，其实吴疆也不是完全了解。他只知道董梅就在他们这座楼上班。他们几乎天天早上都能在电梯口上见面，有时他们还是坐同一部电梯上下。董梅的楼层要高些，他下了，董梅还要继续上几层。他们见面时，也会打一声招呼，几乎看不出和其他人有什么不同的地方。只是，吴疆有时刚下电梯，还没打开办公室的门，董梅的短信就来了：

　　哼！你怎么和二十层的那个女孩贴得那么紧呀，她的胸软乎吧？

　　吴疆觉得又好气又好笑，这个小女人！两个人只是发发短信，打打嘴皮子官司，还没怎么地呢，就这般地吃上了醋。下次等再坐电梯了，我叫个单位的妹妹，故意拉着她的手，看你能把我怎样。

可说归说，下次再上电梯，吴疆就尽量往男人身边站，尽量离那软乎乎的东西远一些。真好像那软乎乎的东西就跟毒品一样，跟传染病一样。

吴疆其实是一个已婚的男人了，他和他的太太结婚已三年，他们的女儿现在正好两岁。太太叫夏雪雪，在一所幼儿园当老师。夏雪雪长得不算太漂亮，可性格温和可爱，自从结婚后，吴疆在家里几乎是衣来伸手，饭来张口。这还不算，夏雪雪有时和吴疆说话，语气就像对待幼儿园的小朋友一样。比如她叫吴疆吃饭，她会说，饭好了，我们吃饭饭了。再比如晚上洗脚，她将洗脚水端到吴疆跟前了，就会说，来，洗脚脚了。这样的语气，让吴疆时时都会感觉到一种温暖。

正因为这样，吴疆在和夏雪雪结婚后，几乎和以前所有认识的女孩子都断了联系。

可吴疆发现，自从认识了董梅以后，他觉得他以前设的种种堡垒似乎正在一点点地土崩瓦解，以前看似熄灭了的火焰又开始呼呼地燃烧了起来。要是哪一天董梅没有发短信，或是短信突然发少了，他的心里就空落落的。

吴疆想，我这是不是传说中的出轨？

想到出轨，吴疆的心里有种莫名的激动和恐慌。那段时间，他将他的手机调到了铃声状态，董梅的短信来了，手机就会叽叽哇哇地响，他要以此来引起夏雪雪的注意。如果夏雪雪注意到了他的异常，并发觉了他有出轨的症状和动机，就会和他吵和他闹的，这样就会掐断他的那种念想。

那天夜里，吴疆和夏雪雪都睡下了，吴疆故意给董梅发了一条短信，过一会，手机就叽叽哇哇响了，夏雪雪竟然翻了个身就又睡了过去。

吴疆打开手机，见董梅发来了这样一条短信：在干什么呀？

吴疆回过去说，正在想你呀。

董梅在短信里说，哼，搂着老婆说想我！瞎话。

吴疆赶紧回过去，我可是天天晚上都想搂着你的。

董梅回过来说，真的？

吴疆回过去说，真的！

短信的铃声叽叽哇哇响个不停，夏雪雪睡得死猪一样，就是没有一点反应。

吴疆想，夏雪雪呀夏雪雪，这就怪不得我了，我是给了你机会的，可你竟然没有一点反应。

那天下午快要下班时，吴疆给夏雪雪打了个电话，他说他晚上要加一夜班，不回家了。之后，他在酒店里订了一间房和一份双人套餐。

一切都准备好了，他给董梅发了个短信说明了他的意思。

吴疆到了酒店，等呀等，一直等到夜里十二点了，却没见董梅的影子，甚至连个短信也没有。

吴疆想了想，禁不住笑了：这女人呀，真是不厚道，你没想法时，她蚊子似的在你跟前绕来绕去的，到了动真的了却没了踪影。

第二天早上，吴疆上班时，在电梯里正好遇见了董梅，她好像什么事也没发生一样，照样和他打招呼。吴疆昨天夜里一个人在酒店里折腾了半宿，竟然有些感冒了，电梯上到三层时，忍不住用手捂着嘴打了个喷嚏。等他将办公室的地拖好，桌子擦好时，他的手机响了。他打开一看，是董梅发来的短信。董梅让他到他们楼梯口的那个垃圾筒里去取个东西。

吴疆放下手机赶紧跑到楼梯口，他将手伸进垃圾筒，摸到的是一个纸袋子。他将纸袋子揣进怀里，在卫生间他偷偷地打开纸袋子时，不由得笑了。纸袋里装的是几盒感冒药。

这时，吴疆的手机又响了，他打开一看，还是董梅发的短信：

疆，记住按时吃药噢。

麻　烦

年初，单位组织员工去医院里查体，当面前那个年轻的女医生问侯小年的年龄时，他愣是待了半天，才说四十了。很有些不情愿的意思。呀，呀，都四十了。老了。侯小年的心里不免生出了几丝酸楚和无奈。

还在去年，侯小年向别人说自己的年龄时，还没什么感觉，甚至心里还有一股子劲泉水般往起窜，好像还真的很年轻似的，好像还激情四射似的。可也就是刚刚过了多半年，无非是把三十九说成四十，怎么心态上就有这么大的变化呢？

不过，现在的侯小年和过去相比，确实有了些变化。他变得安静了，详和了。以前走在街上，他的眼睛总是东张西望地像一只奔跑的兔子，闲不下来。见了美女，他的目光一下子就会燃烧起来，他才不管人家理他不理，死皮赖脸地就和人家搭讪，和人家磨蹭，好像有使不完的热情。现在倒好，走在街上，他的目光就仿佛是午后太阳底下晒暖暖的猫，慵懒而无精打采。有时候突然也会迸发出一点什么想法，但那就好像是烟花一样，来得猛，去得也快。用侯小年自个儿的话说，麻烦。

侯小年是越来越怕麻烦了，朋友约他一起吃饭，他觉得麻烦，不去。单位让他出差，他也觉得麻烦，尽量推脱。连同以前让他魂牵梦萦、睡不好吃不香的美女们约他，他都找各种借口给回了。麻烦！他现在习惯了上班去单位，下班就回家的这种生活节奏了。他不希望别人来打破这种节奏。

侯小年刀枪入库了，这反倒让他的妻子有些隐隐的不安了。她其实一直喜欢侯小年那种不安分的样子，那样虽然得把心悬着过日子，可侯小年总是充满着活力，充满着激情的。她自信她是了解侯小年的。侯小年就像是一个体力很好的足球运动员，你满场都可以看见他飞奔的身影，可就是在临门一脚时，他会犹豫不决地退下阵来。

侯小年的这种按部就班的样子，真的让他的爱人有点手足无措了。她不知道是不是她哪儿做错了。她想找一种方式再将侯小年激活，她觉得生活还是有点浪花好些。不过这也让她省了不少心。以前她出差最放心不下的就是侯小年，她担心她不在侯小年身边时，他不安分做出什么出格的事来。现在好了，她可以放心地去出差了。

爱人出差了，侯小年似乎真的没什么变化，和平时一样，早上起床，洗漱，上厕所，接下来就一只手提着裤子，一只手拿起电视摇控器搜索着电视频道。也没有什么目标，只觉得一个人待在大大的屋子里，有点寂寞，有点无聊。

这天早上，当他一手提着裤子，一只手叭叭地摁着摇控器的按扭时，一张一闪而过的面孔，突然让他的心跳了一下，像被电击了一样。他连忙调到那个台。那一刻，侯小年觉得自己就像一只烟花被点燃了，那尘封了好长时间的激情一下子喷薄而出，冲天而起。呵呵，多么让人心动的一个人儿呀！

那是邻市的一档时讯节目，那美人儿正在一条一条地播报着邻市发生着的一些事。至于什么事，侯小年几乎一条也没有听进去，他只是想着节目早点播完，他好在字幕里看看这美人儿叫什么名字。

胡秋儿。真是一个好听的名字。

侯小年感觉到了他的体内有一种东西在汹涌着，要冲出体外，直到他上班到了单位，那种莫名的兴奋还在持续着。侯小年在网上查到了邻市的那家电视台的地址，然后拿出自己刚刚出版的那本书郑重地签上了自己的名字并留下了电子信箱，给胡秋儿寄了出去。

这才是以前的侯小年，他才不管你回不回信呢。

也许，是的，也许。也许侯小年一时冲动发出去的这封信石沉大海，像肉包子打狗一样，有去无回，他就会再次回到现在的生活轨道上了。可也许的后面是有种种的可能性的。

比如这一次的结果，就大大地出乎意料了。

当天晚上，侯小年打开他的信箱，竟然看到了胡秋儿给他的回信。胡秋儿在信中说，赠书收到，真是太让我激动了，以前就喜欢读你的文章，耶！你的文章写得真好玩，我喜欢。

如果把侯小年比作一辆车的话，这话就好像是踩到底的油门。他只有轰轰地往前冲的份儿了。

侯小年已在网上搜索到了，胡秋儿的时讯节目的正点时间是晚上八点。晚上七点多侯小年就守在了电视机前，像个饥饿的孩子等待一顿丰富的晚餐那样。看完节目，侯小年迫不及待地给胡秋儿的信箱里发了一句话，很上镜呀，如果穿上宝石蓝的西装，配白衬衣，会更好的。

第二天，胡秋儿在电视上一出现，果然是穿了宝石蓝的西装并配了白衬衣。

接下来的几天，侯小年就像一个服装师一样，不停地给胡秋儿提出建议，比如胸前的衣袋上应该插上一枝紫色的花呀，头发应怎样梳呀，只要侯小年提出来，第二天胡秋儿绝对是按他的设计装扮出现在镜头前。

侯小年体内的血都要沸腾了。他的体内好像有一匹野马，直想往外冲。但不知怎地，他还是一次次地将缰绳给拽住了。直到他的爱人出差回来，他还死死地拽着。

侯小年的爱人当然发现了侯小年的身上有了变化，爱说话了，做事也有活力了，连同早上起来刮胡子时嘴里还哼着歌。一切好像又回到了从前。只是她不明白，来自什么原因。

侯小年的爱人知道侯小年以前是不爱看电视的，现在，只要到了晚上八点，侯小年就会准时坐在电视机前，一边和她说着话，一边看着电视。有时还将臂膀伸过来将她揽进怀里。两个人好久没有这样亲热过了，一时还有些不习惯了。她就拿起摇控器要换台，侯小年立马就要抢摇控器，说让他将这个节目看完再换。侯小年的爱人当然不同意，说，这是邻市的时讯，与我们市一点都不相干，有什么好看的？说着就换了台。

侯小年没得办法，只好起身去卫生间，他并没有上厕所的意思，但他还是蹲在马桶上，他心里一直在想，要不要去见见胡秋儿呢？想一想，他还是觉得不去的好，他觉得这事很麻烦。

小 麦

马勺做梦都没有想到，他和小麦能在后村意外相遇。

那天，公司让他给后村 6 排 12 号三楼的一个用户送水，当他掮着一桶纯净水站在 6 排 12 号三楼的那扇门前，敲了半门，竟然没有一点动静。马勺想，我是不是跑错地方了？就在他准备下楼时，门开了，一个男人从门里闪了出来，没等他看清模样，咚咚的脚步声早就响到楼下去了。

马勺连忙将头探进屋里，想弄清要水的是不是这家，一抬眼，不由得愣在那里了。

他看见那个头发有些凌乱，仿佛才睡醒的女子竟然是小麦。

马勺有点惊，又有点喜。

他说，小麦，原来是你？

小麦在那一刻显然也认出了眼前的人是马勺，一丝慌乱像一只受了惊的鸟，飞上了脸颊。

小麦说，水龙头坏了，老是滴滴答答地滴水，刚请人修了一下。

马勺把那桶水装上了饮水机，抬眼看了看屋子。屋子虽然不大，却收拾得十分的干净。他站在屋子中间，看着面前的小麦，竟有些不知所措。

他说，以后要收拾什么东西，掮米掮面换煤气了，你就给我说吧。

马勺就将他的手机号码写在了一张纸上，走了。

马勺走了，心却留在了后村，给用户送水的间隙，他总会情不自禁地想起小麦来。

马勺就翻出小麦留给他的电话号码，给小麦打电话。

马勺问小麦的水喝完没有，他说如果喝完了，他就再送一桶过来。

小麦便在电话的那一头咯咯咯地笑。马勺就问小麦笑什么，小麦说，你以为我是一头水牛呀！一打电话就是问我的水喝完没有？

马勺本就是没话找话，他只是想和小麦找个说话的机会，听了这话，一时紧张得不知说点啥好了，就在电话里喘粗气。

喘完粗气，马勺才鼓起勇气说，小麦，你有空了，我请你吃饭。

马勺果然将小麦约出来吃了几次饭，可每次小麦都是匆匆忙忙的样子。有两次，他们的饭还没有吃完，小麦突然接到一个电话，就急急地走了。马勺虽然心里有些不高兴，可也没得办法，谁叫他喜欢上了小麦呢？当然，下次再见面时，小麦的一声对不起，再撒个娇，一切的不愉快总会烟消云散。

也有悠闲的日子，这样的时候，吃完饭了，小麦就会挽着马勺的胳膊，到后村的那片小树林里去。

后村的后面，是一片小树林。

现在的城里人谈恋爱，都是去茶馆、咖啡馆。他们讲究的是情调。而后村里住着的都是外来人口，外来人口讲不了情调，总也得有点情趣吧，于是，他们谈情说爱，就到后村后面的那片树林子里面去。

夜晚的小树林，到处都充满着浪漫的气息。

树林的树梢上悬着月亮，草丛里有虫鸣声。

小麦是个浪漫的女孩，她喜欢看着月亮不厌其烦地让马勺说他爱她，她喜欢双手吊着马勺的脖子让马勺拎着她旋转，有时，马勺在树丛中掐一把野花送给她，都能让她流上半天的泪。

黑夜，将他们的烦恼遮盖得一干二净。

但更多的时候，他们一走进小树林，小麦就会让马勺在草丛里躺下来，她说，马勺，我想在你的肩上靠一靠。小麦将头枕在马勺的肩膀上，竟会没来由地哭起来。

好好的，怎地就哭呢？马勺不明白，问小麦是不是他哪里没有做好？

小麦什么也不说，只是哭。直到她哭够了，哭得觉得没意思了，她会突然地在马勺的脸上亲一口，嘿嘿地笑一声，一切又恢复如初。

爱情，除了浪漫，还有它现实的一面。马勺和小麦的爱情也是这样。当马勺和小麦越走越近时，马勺对小麦的感觉却是越来越陌生，他们的爱情似乎只能停留在那片小树林里，在小树林里，小麦总是柔情万种，可一旦走出那片小树林，小麦似乎就完全变了一个人，她守身如玉，绝不让马勺越雷池半步，除了那次送水，小麦再也不让马勺去她租住的那个房子。马勺一次次地问，这是为什么，小麦只说一句，以后会明白的。

一天，马勺在给人送完水，突然有一种想见小麦的强烈愿望。他打小麦的手机，怎么也打不通。他担心小麦出了什么事，就直接去了她的出租房，他站在小麦的门前，敲了半天门，门才打开一条缝。当小麦探出头看见是马勺时，突然就变了脸色，她说，我说过不让你到这里来的，你凭什么来？说着就砰的一声关上了门。

之后的好几天，他们都没有给对方打电话。那一扇门好像真的把他们隔开了。

僵局最终还是小麦打破的。那天，小麦给马勺打来电话，她一边撒着娇，一边给马勺赔着不是，末了，她还第一次正式邀请马勺晚上到她租住的房子那儿去。

马勺冰封了几天的心，开河了。

晚上，当马勺怀着激动的心敲开小麦的门时，一个鲜亮的小麦站在他的面前，小麦显然是经过精心打扮了的，妩媚又不失清纯。小麦见到马勺，一下扑进了他的怀里，她的双手吊在了他的脖子上，一双脚勾在了他的腰上。当门关上的那一刻，小麦一伸手拉灭了屋里的灯。

小麦对马勺说，这屋子里有两扇门，两扇门的后面是两份不同的礼物。两份礼物马勺只能得到一个，马勺打开哪扇门，今晚她就把哪扇门里的礼物送给他。

马勺在黑暗里抱着小麦，像袋鼠一样摸索着，终于，他摸到了一扇门，当他推开门的时候，耳边突然响起了生日歌，是小麦的手机里传来的。随之，他看见，房子里的桌子上摆着一只大蛋糕，蜡烛早已点燃。马勺这时才猛然想起，今天是他的生日。

这天晚上，马勺和小麦在这间温馨的小房子里，喝着红酒，吃着蛋糕，先前发生的一切不愉快都一扫而光。

小麦还是像先前一样，将头靠在马勺的肩膀上哭了个痛快。

马勺在要走的进候，才突然想起另一间房子里，小麦还准备了一份礼物的，他问小麦，那间房子里是什么好礼物，小麦笑了笑，说，你明天来看吧。

第二天，马勺早早就去了小麦那里，他站在那里敲了好长时间的门，没有动静。这时，一个老太太来到他跟前，老太太问马勺是不是叫马勺，马勺说是的。老太太就将一把钥匙递给他。老太太说，小麦走了，她说你要住这房子，她让我把钥匙给你。

听了老太太的话，马勺的心不由一沉。他赶紧打开门，拿出手机打小麦的电话，可电话已经关机。

他不明白小麦怎么说走就走了？

他打开昨天晚上没有打开的那扇门。房子里是一张双人床，两套睡衣整齐地摆放在枕头边。

马勺想在屋子里找了找，看有没有小麦留下的纸条，却什么也没有找到。

马勺还是在给人送水，他一有时间就拨打小麦的电话，可电话始终打不通，直到最近，那串他熟悉的号码变成了空号。

马勺就拼了命地给人送水，他想，也许有一天，当他敲开一扇门时，里面走出来的人就是小麦。

米

工地上是没有电视的，打扑克牌又都吝惜钱，晚上躺在床上没事可干，大家伙就讲段子来消磨无聊空虚的时光。都是男人，都是结过婚的，女人在遥远的乡下老家闲着，男人在这边熬着。劳段子能让他们在睡觉时，重温起在老家时和女人在一起温存的一些细枝末节。这样的日子，把过去的夫妻生活翻出来复习复习，也是很有意思的。

小东最喜欢听大伙讲段子了，说说笑笑干起活来就不显得那么累。每次别人把段子一讲完，他就嘎嘎嘎地笑，一副没心没肺的样子。

有一次吃饭时，一个工友讲了一个段子：说一个男人深夜回家，当他敲开门时，发现女人神情有些慌乱，男人心生疑窦，一抬头发现门背后蹲着一只口袋。男人就走上前去踢了那口袋一脚，问女人口袋里装的是什么，女人一听这话，吓得要命，哆哆嗦嗦还没开口，就听从口袋里传出一个男人的声音：米。

笑话一讲完，大家全都笑得前仰后翻地喷了饭。有人就对小东开玩笑说，小东呀，快回家看看，你家门背后的袋子里有没有米。小东结婚时间不长，媳妇长得又漂亮，大家就喜欢拿他开玩笑。

小东端着碗坐在一块砖头上，笑得正得意呢，听大伙这样开他的玩笑，那笑就一下子僵在了脸上，不知怎的，心里就毛毛的，慌慌的，好像踢那口袋的男人就是他似的。晚上睡觉躺在床上，大家伙依旧讲段子，小东却像掉了魂，那只口袋就好像是只蚊子，在他的脑子里嗡嗡嗡地飞来飞去，挥都挥不去。

小东媳妇的漂亮，在他们村子里是远近闻了名的。刚结婚时，小东只要一转身，就会有男人涎着脸找各种借口到他家去和他媳妇搭讪，粘粘乎乎的样子，眉眼全是色迷迷的，小东媳妇不管什么样的男人，只要和她搭腔，她都和他们有说有笑的，有时还和小东一样，笑得嘎嘎嘎的，样子显得极为轻浮，弄得小东心里老不高兴。有几次，小东指东说西地提醒他媳妇，意思是那些臊男人都是黄鼠狼给鸡拜年，没怀好意的，都是想来讨她的便宜的，他让她不要理他们。小东媳妇不仅没有听他的话，反倒说他是小心眼，"都是左邻右舍的，人家和你说话你能不理人家？再说了，晴天白日的，不就是说说话么，还能做了什么？"因此，小东的心里不舒服也只能不舒服着，特别是他刚进城的那些日子，他总是有些不放心，他怕他不在家时会有别的男人趁机钻他的空子，割他的鞋耳子。好在村子里的男人大多都和他一起进了城，留在村子里的全都是些老弱病残。这才让他放心了不少。

没想到，突然的一个笑话，让小东放下去的心忽悠一下子又悬了起来。小东扳起指头算了算，他离家都半年时间了。回一趟家得好大一笔开支，工友们都舍不得花这个钱，小东当然也是舍不得的。但这一次，小东觉得无论如何得回一趟家。他一再说服自己，这次回家与那个关于"米"的故事没有一点关系，可一路上坐火车，倒汽车，那只口袋却折磨了他一路。

小东走进村子里时，已是晚上十一点了。乡村的夜是如此的安静，静得连一声狗的叫声都没有。静得小东都能听见自个的心突突跳动的声音。小东站在自己的门前，手一次次抬起，又一次次放下。他真不知道这扇门打开时会有怎样的事发生，有一刻，他甚至想干脆转身回城算了，但一种强烈的好奇心折磨得他的手都有些发抖了。

"咚咚咚"。

小东最终还是用他发抖的手敲响了面前那扇门。

"咚咚咚"。

小东拼命地想记起他媳妇的模样，可他媳妇的模样却是越来越模糊，倒是那只无形的口袋越来越清晰。"米"，多么愚蠢的回答呀！

"咚咚咚"。

小东敲门的声音，在这寂寥的夜里显得是那么的响，让人听起来都有些心惊肉跳。

过了好久，小东终于听见一阵踢踢踏踏的声音响起来，凌乱而又惊慌的样子。又过了好久，门里的灯亮了，一丝光亮从门缝里射出来，刀子一样把眼前的黑夜剖为两半。

"谁呀？"小东媳妇的声音和着门的吱呀声一起向小东扑了过来。

门开处，小东看见他媳妇一张吃惊的脸。

"你怎么回来了？"

小东还没来得及回答，就觉得一个热乎乎的肉团扑进了他的怀里。

"我想死你了！"小东媳妇说着，一双手就蛇一样缠住了小东的脖子。那两只暄软的奶子在小东的胸前更是缠绵得厉害。要是放在以前，小东怕是早就热血汹涌了。可这一次，小东满脑子都是那只口袋。当他抱着他的媳妇袋鼠一样站在那里的时候，他还是很冷静地拧过了头向门后看去。小东的目光在门后逡巡了一圈又一圈，那里除了几把锄头以外，什么也没有发现。小东有些不甘心，他又过细地看了一次，还是什么都没有。

"小东，你怎么丢下我一个人，一走就是这长时间？你知道我有多么想你吗？"

小东媳妇将脸贴在他的脸上，一说话，那温热的气流，水一样顺着他的脖子，一直沿着后背朝下滑去。他觉得心里也是暖暖的。

小东说，"我也想你。"他觉得他有些对不起他媳妇，就将头低下去，他把他的唇紧紧地压在了他媳妇的唇上。他甚至连门都顾不得关，就这样迫不及待，抱着他的媳妇，向他们的卧房走去，然后把她扔在了床上。

小东在家里只待了三天，城里的工地上就打来了电话，让他赶快回工地。小东有些恋恋不舍，可又无可奈何。

临走的前一个晚上，小东看着怀里缠绵悱恻的媳妇，一时兴起，就笑着说，我给你讲个故事吧。小东就把工友讲的那个段子给他媳妇讲了，他还以为媳妇听了这段子会笑得花枝乱颤的，没想到她却稀里哗啦地哭了起来。

水　秀

工地上最热闹的日子是发工资的那几天。手上有了钱，大家的腰板都挺得直了些，说话时出气都粗了好多。

走，喝酒看月亮去！

喝酒的意思小北明白，大家伙凑份子，一起找个类似于"重庆老大妈酒馆"的地方，要几个便宜一点的菜，喝上一顿。这样的小饭馆价廉物美，就是撑破肚皮，也花不了多少钱。虽然叫老大妈饭馆，老板娘都是正宗的川妹子，身板姿色都不错，说话软声细雨的，一边喝着酒，一边和老板娘打打情，骂骂俏，饭就有滋味得多了。

吃完饭，当然就得去看月亮了。

工地不远的地方就是一个小公园，公园的边上开着一家洗头房。那里的老板很有些创意，只要交了钱，就可以将里面的妹子带到公园里去，一边看月亮，一边办事。这创意既安全又有几分浪漫，很受这些长年在外的男人欢迎。大家就把这美其名曰"看月亮"。

至于看月亮是什么意思，小北一点也不清楚，但他很好奇，就问工友，"海上生明月，天涯共此时。"天上就一个月亮，哪里不能看，还得找个地方看月亮去？工友们听了，都是露出一脸坏坏的笑，却并不给他答案。"去去去，这不是你个小毛孩该知道的事，该干吗干吗去。"

小北才十九岁，还没处对象呢，好多的事，工友们都不让他知道。当然，小北也有些工友们不知道的事。比如，小北一直在背着工友们找水秀。

水秀是小北初中时的同学。上初中那会儿，小北就暗暗地喜欢上了水秀。小北明白，水秀也是喜欢他的。

那时，水秀是班上的文体委员，班上每次活动了，水秀就主动地邀小北跳舞。水秀有着高挺的胸脯，这让他们跳起舞时很不方便，常常就弄得小北面红耳赤的。水秀就偷偷地抿着嘴笑。

小北本想等他和水秀一起上完高中，再一起上大学的，没想到，离高考还有一年时，水秀就消失了，消失得无踪无影。后来，他才知道，水秀是和几个姐妹一块进城了。为此，水秀还和家里闹过一场。水秀有着很好的成绩，可不管老师和她的父母怎样劝说，水秀就是不上。"杨老师不是上了大学吗，怎么还在乡里教书？"面对父母苦口婆心的劝说，水秀只有这一句话。

也许是命运的安排，小北高中毕业也没考上大学。小北反倒解脱了似的，当即决定也进城去闯闯。冥冥之中他感觉到，有一天他会在城里和水秀相遇的。

相遇，才是缘分；相遇，更是一种浪漫。

可这么大一个城市，不说是相遇了，就是你费尽力气去找一个人，也如同大海捞针一样呀。

没事时，小北就一个人坐在那里想他的水秀。小北并不清楚水秀在城里干着一份什么样的工作，但水秀长得好，又爱笑，一定会像城里的女孩子一样，披着长肩发，背着双肩包去转街，去转商场，去吃肯德基。有时候，小北甚至想象着他就在水秀的身边，水秀挽着他的胳膊，他们一起去转公园呢。

其实，小北进城前已通过各种关系弄到了水秀的电话号码，那个号码他已烂熟于心，这也是最直接找到水秀的方式，可这个电话小北一次也没有打过。

小北相信他和水秀的缘分。

发工资的日子又到了，工友们照例得去喝酒看月亮。这样的日子，就像过大年一样，个个脸上都漾溢着笑。

这一天，工友们喝酒看月亮回来，突然就说到了水秀。有人说他看到水秀了。"不得了呢，染着一头黄头发，说着一口普通话，那衣服穿的，半个奶子都露在外面。"工友们说到水秀时都是一脸坏坏的笑。小北一听到水秀的名字，心就突突地跳了起来。

第二天，几个工友再出去时，小北就悄悄地跟在他们后面。

小北躲在那里，看着他们一个个兴高采烈地走进了公园旁的那个洗头房，再出来时，臂膀上都挎着一个妹子。他们就像一对对恋人那样，卿卿我我地走向了小公园的树丛中。小北突然就明白了看月亮的意思。小北转身想走，突然就看到了一张熟悉的脸，跟在一个男人的身旁，向树丛中走去。

水秀！

小北差点就喊出了声。

怎么会是水秀呢？小北不敢相信自己的眼睛。他没想到他苦苦寻找水秀，竟然会在这样一个地方相遇。

小北看见那个男人把水秀带进丛林后，就像变了个人似的，那双手就像一只饥饿的狼，直直地向水秀的胸前扑去。然后他们就倒在了草丛中。

那一刻，小北突然想到了那串烂熟于心的号码，他掏出手机拨了过去。

手机里传来一串优美的铃声。小北想，水秀听到铃声一定会推开那个男人接电话的。

电话铃声依然响着，可丛林中的躺在那男人身下的水秀似乎没有一点反应。

又过了一会，电话通了，小北有些激动。这时，电话里却传来一个男人浑厚的声音：喂，请问哪位？

小北分明听见男人的声音后面传来的背景音乐——《回家》。

喂，请问你是哪一位？说话呀！

小北轻轻地按下了手机上的返回键，他抬起头时，发现天上的那轮月在他的眼前变得越来越模糊。

活得好

男孩长得很清纯，文文静静，秀秀气气的，像个大姑娘，很讨人喜欢。

男孩是单位的小车司机，大家都知道，小车司机虽然不带什么长，但手中也是很有权的。因此，男孩在单位里上上下下的关系都处理得得心应手、左右逢源。单位里的姑娘都把男孩当作自己心中的白马王子，有事无事，总爱找各种借口来和他套近乎：或是让他出差带个什么东西，或是找机会去坐他的车。男孩呢，对女孩的这些举措，似乎没有一点察觉。或是察觉了故意揣着明白装糊涂，他只是一往情深地去追单位那个漂亮的女秘书。

女秘书长得确实漂亮。又上过大学，且已有了男朋友。单位里人都觉得男孩有些自不量力，不讲实际，想法太荒唐，但男孩却并没有感到他和女秘书之间有什么差别，他说，他完全可以和那个男孩子公平竞争。他很自信，一副成竹在胸的样子。

男孩没上过大学。开了几年车，甚至连上高中时老师教给他的那半瓶墨水也都返还给了老师。男孩谈恋爱就遇到了问题。打死他也写不出一句有点色彩的恋爱信。男孩更不愿意让女秘书看扁了自己，就买了烟酒去求人。单位工会主席的老公是个小有名气的作家，整天把自己关在屋子里写小说。男孩就去叩响了他的门，作家平时出门办事坐过男孩不少车。烟酒没收，信却写了，作家把写信当作写小说、散文那样认真，写得很抒情、很打动人。但信寄出去一封又一封，却如泥牛入海。男孩再去找作家写信时，作家忍不住就劝男孩："天涯何处无芳草，何必在一棵树上吊死。"男孩听了泪就潸然而下，说："我是不会爱第二次的人！"这话说得作家也心里怪不好受的。

信打动不了女秘书的心，男孩索性就不再请作家写信了。他干脆明火执仗，直截了当地去找女秘书谈，谈过几次自然没有什么好结果，男孩就很懊丧，回到家里便独自一个人喝闷酒。男孩以前是不喝酒的，他听说喝酒能消愁，可不想，愁消不了，人却醉了。人一醉，过去压在肚里的那些陈芝麻烂谷子的事就往外冒。大话牛话就嘟噜嘟噜往外撂。男孩就说："等着瞧，她活是我的人，死是我的鬼。"男孩说这话时，完全失去了他那本来文静秀气的面目。直到这时，单位里的人才发现男孩变得有些可怕了。

男孩说这话不久，话就传到许多人的耳朵里。领导知道了，女秘书也知道了。一时单位里传得沸沸扬扬。

男孩有好多朋友，男孩的朋友听男孩说这话，怕男孩想不开真的出什么事，就去找男孩的领导帮忙化解。领导对恩恩怨怨的情啊爱啊只能束手无策。朋友只好去劝男孩，天下好女子多的是，何必为一个女子发狠斗誓、争争斗斗的？男孩说，我说过了的，她不嫁我，也休想嫁别人，我和她生不能在一块，死在一块总行！男孩说了，依旧不依不饶地去追女秘书。女秘书就怕了，她相信一个对爱如痴如醉的人，是会做出傻事的。就写信给她的男朋友，要他快点想个办法，帮她解脱男孩没完没了的纠缠。

办法有了。女秘书就去找领导，领导听了女秘书的话，就派男孩出了趟远门。

十天后，男孩回来，女秘书和她的男朋友已结了婚。大家都担心男孩会闹出什么事来，可男孩没有。他只是沉默寡言地开车，像什么事都没发生过一样。

这样过去了半年，男孩又变成了先前的男孩，有说有笑。十分的活跃了。并且又如痴如醉地爱上了另一个女孩。后来，男孩就和那女孩子结了婚。婚后小两口的日子过得甜甜美美的。男孩的朋友们这才总算放了心。一次，男孩的朋友半开玩笑地对男孩说，那时，看你那架势，我们真担心你会干出什么傻事呢。男孩笑笑：干嘛要干那傻事，活着多好！

错出的姻缘

失　落

收音机里正在播放一首歌："走了太阳来了月亮又是晚上……"

确实是晚上。太阳走了，月亮却没有来。

在这个没有月亮的夜晚，他坐在写字台前，心如一团乱麻，真正的剪不断理还乱。许多日子以来，他不知下了多少次决心，要给妻子写这封信，可整整几个下午过去了，废纸篓里废纸已扔了半篓，他却没勇气将想了不止一千遍的那句话写出来。妻那贤淑善良的影子和萍那漂亮可人的身影，总是不停地在他的脑海里交织着。

说句实话，如果不是一个偶然的机会遇见萍这个令他迷恋得神魂颠倒的女孩的话，他绝对不会想到和妻子离婚的事。他和妻子的婚姻，虽然属父母包办的那种，但凭良心说，妻除了相貌平平之外，她的善良、她的贤淑以及她的温柔，几乎是他认识的所有女人都比不上的。特别是自结婚这三年来，为了他事业的成功，妻子几乎倾注了她所有的心血来支持他。妻在每次给他的信中，都要反复写上这样一句话："只要你能早一天在事业上有成，我愿付出所有的代价。"每次接到妻子的信，读到这句话时，他都被妻子的真诚感动得泪流满面。妻是这样说的，也是这样做的。为了支持他画好画，妻子将家里的积蓄全投入到他的事业中去。让他进修，让他去外地旅游。他也曾不止一次地想过，等事业有成之后，一定要好好回报她。他要向她宣布"军功章"里有她的一半。但是，他万万没料到，就在这时，他的生活会突如其来地撞进来了一个萍。而且会一见钟情，一见就令他神魂颠倒，陷进爱的漩涡难以自拔。

两个女人，像天平上的两个砝码，从此让他的心不得安宁。

现在，他终于成功了，国内外都为他举办了个人画展，报纸、杂志、广播电视都相继报道了他。他一下子成了红极一时的著名画家。

　　这一切，与妻子的支持是分不开的，与萍更是分不开的。没有萍这个颇有才华的记者的宣传，没有萍为他的画展奔波，他不知自己离成功二字还有多少路程要去跋涉呢。

　　成功后的他，面对妻子和萍，真有点手足无措了。两个女人，一个是鱼，一个是熊掌，他不愿伤任何一个人的心。可又不得不伤害其中一人。思来想去，当他最终还是选择和妻子离婚这条道时，却完全失去了给妻子写信的勇气。他只要一闭上眼睛，就能想象得出妻子在收到他的信时那种痛不欲生的样子。

　　尽管如此，在这个没有月亮的夜晚，他最终还是将信写了，不过，信不是写给他妻子的，而是写给了萍。他想：萍无论如何是会原谅他的。

　　他写好信，怕自己再动摇，又会重新作出选择，连忙将信装进了信封，贴上邮票，投进了邮筒。

　　这个晚上他没有睡。他怕自己睡下后，会做有关萍的梦。他就是这样，独自一人在街上转了一宿。

　　第二天当他醒来，已是黄昏时分。

　　门房的老大爷给他送来了一封信。

　　信是他妻子写来的，他握着这封信，一股温暖立刻传遍了全身。他更加相信自己的选择不会有错。他立即剪开信封的封口。此时此刻，他更想看到妻子每次写信时都要写的那句。可是，当他抽出妻子的信时，他傻了。

　　妻子的信上，只有几句话：

　　为了我心中的他，三年来我一直在为你的成功而努力。这一天终于来临了，我的灵魂总算得到了安宁，我觉得我对得起你了，请你不要责怪我，你要知道，为了这一天，他已整整等了我三年。

长发女孩

秀心里清楚，良一直喜欢着自己。

秀和良同班上学时，秀就坐在良的前排。秀的后脑勺虽然没有长眼，可她能隐隐感觉到，良在做完作业时，总是盯着她出神。

秀不仅人长得漂亮，那头秀发更是引人注目，仿佛是一挂瀑布，从肩上长泻而下，飞扬而又飘逸。这头发不仅让班里的男生惊叹不已，连同女生也都羡慕得要死。

良是那种性格比较内向的男孩，无论啥事都闷在心里，掖得严丝合缝的，从不用言语表达出来．良对秀的爱慕也是如此。良爱画画，得了空，总喜欢画上几笔。良的画画得很古怪，一色的是少女，一色的是长长的秀发，全都跟秀的秀发一个模样。秀发现了这个秘密，就将她的头发洗得更亮、更富有光泽。下课时，秀就找各种机会，站在离良不远不近的地方，故意用手将头发一撩一撩的，撩得良的心如同秀的长发一样忽悠忽悠地直飘。

有一次，语文课上，当老师讲到辛亥革命之后，国民政府下令要剪去男人的辫子时，良听得就走了神，忍不住喊了一句："千万不能剪呀！"，良的喊叫声，立即招来了满堂的哄笑，同学们都为良的一声喊而感到莫明其妙，只有秀的心里明白是怎么一回事。她的心里甜甜的，如同喝了蜜。

转眼，秀和良就高中毕业了，他们都未能考上大学，各自回到了自己的村子里去参加生产队的劳动。两村隔得很远，这之后，他们几乎没有见面的机会。不过，良的心里一直想着秀的那头美发，秀呢，自然惦念着良这个人。

生活总是充满着戏剧性。秀和良毕业后的第二年，秀嫁给了根。

根和良是同村，且住在同一个院落。

秀刚刚嫁过来时，很少能看到良的身影，但不知怎的，秀隐隐地觉得，那久违了的目光似乎又如影随形般地回到了她的身边。那目光时而像太阳般炽热，时而又像月光那样柔顺，有时，秀还能感到一丝哀怨和绝望。秀知道，那目光是良的。

根是村里小学的民办老师。根是个现代观念很强的青年，结婚前，他也是喜欢秀的那一头秀发的，但时间不长，根就发现，镇里的女孩子们都把头发烫成了绵羊毛一样的卷发了。根便将秀也带到小镇上去，让秀剪掉了那头秀发，烫成了一头卷发。

秀顶着那鸡窝一样的头发在院落里出出进进时，大家都夸秀好洋气，洋气得像城里的女孩一样。可秀的心里却一点也兴奋不起来，因为她发现，自从她把头烫成卷发后，那时时让她心动、让她牵肠挂肚的目光，也随着她的那头秀发一起被剪掉了一样，一下子从她的身边消失了，如同一只鸟儿，飞得无影无踪。

这之后，秀常常就看见良的身影在村里晃来晃去，良总是喝得稀泥烂醉，胡子也不再剃，头发修得老长，一副放荡不羁的样子。

秀看到良的这个样子，心如同被针刺一样难爱。

有一次，秀在村口见到了良，秀就说，良，你该娶个媳妇了。

良对秀笑了笑。

过了一段时间，一向拒绝谈对象的良，真的就开始找对象了。

良的对象是邻村的一个女孩。良将那女孩第一次领回家时，正是春天，村里人都去良的家看那女孩。秀也去了。秀惊奇地发现，那女孩也像她以前一样，有着一头长长的秀发。甚至，那女孩的头发比她的更长，更有光泽。秀看见良当着村里所有人的面，时不时地就会用手去摸一摸那女孩的头发。

良和那女孩的爱情进行得很快，他们一来二去过几次，就把婚期定了下来，等到秋天收了地里的粮，他们就结婚。

听到这个消息，秀的心由开始的高兴变成失落，再由失落变成了妒忌。她甚至有点憎恨那个长发女孩了。

第二天，秀去了一趟小镇，回来时，她的那头卷发就被拉得直溜溜的了。

秀的头发长得很快，雨后春笋般。春天刚刚过去一半，秀的那头头发就长得和以前一模一样了。没事时，秀就顶着这头秀发在村子里走来走去。有一次，她看到那个女孩挽着良的胳膊站在村口，便迎了上去，故意地将那头发在他们的面前甩了几甩。秀看见，那一刻，良的目光仿佛风中的火苗，一点一点地燃烧了起来。

秀明白，良的心里还有着自己的位置。

秋天的脚步越来越近了，良和那女孩的婚期也越来越近了。可这时，秀发现，那女孩在村子里出现得越来越少了。秀故意问根，良要结婚了，他们准备送什么礼物？根听了这话，竟惊讶地看了秀好半天，说，你怎么还不知道？良和那女孩退了婚。多好的一个女孩呀，他说退就退了！

秀说，为什么？

根说，鬼知道为什么！

秀想劝劝良，这是个多么好的女孩呀，让他不要再错过这机会了，可良似乎有意躲避她似的，总也见不上个面。见不上面，秀却分明感到那目光却处处跟着她，好像是那雾，正一团一团地向她罩了过来。

秀突然之间，有点害怕了。那曾经让她天天牵挂，让她感到幸福，感受到温暖的目光，现在却变成了一种内疚和负担。

秀又去了一趟小镇。她剪掉了她的那头秀发。

从小镇上回来，秀才发现，她的长发是剪掉了，可那双目光却总是剪不掉。

醋缸边的女人

我在鹤城工作的时候，没事了总爱到背街去转。背街是条老街，石板街，木板门，房子都是带了戏楼的那种，样子很是古老。在背街做生意的都是鹤城的老住户，生意也是小本生意，而且这一家和那一家经营的品种是绝对的不一样。小百货商店卖的都是针头线脑之类的小东西。比如顶针，针夹子，别针，发卡，皮筋，小圆镜之类的。杂货铺分两类：一类是卖铁器的，诸如刀子剪子铁锹火钳钉子火盆之类；另一类则专门卖碗呀酒盅呀盘子呀夜壶等等等等。

要说气派，还是那卖酱油醋的，一开门，一边蹲一口大缸，有半人那么高，买酱油醋的小孩踮着脚也够不着缸沿。

那个叫麦月的女子时常就是靠在醋缸边嗑瓜籽，她总是翘着兰花指，将瓜籽一粒一粒地送进小嘴里。她的小嘴是抹了口红的，口红的质地并不太好，从她嘴里吐出的瓜籽皮就有了隐隐的红色。

麦月靠在缸边嗑瓜籽的这种样子很好看，妖妖的，媚媚的，骚骚的，那烟视眉行的样子，很是招摇，也很勾人。

现在我要说的是我的朋友老成。我的朋友老成是个摄影家，在省城是很有些名气的。他到我们鹤城来采风，天正下着雪，我就将他带到了背街。

老成是见过世面的，啥样的女人没见过？可当他见到那两口装酱油醋的大缸，以及靠在缸边嗑瓜籽的麦月时，就跟一捆干柴见了火似的，浑身上下窜出的都是火苗。看东西的眼神也有些飘乎了起来。

那天的雪下得并不怎么大，街面上只落了薄薄一层，也不知是怎么搞的，平平的街道，老成走着走着，脚下一滑，竟然一跤摔在了地上。

麦月正在嗑瓜籽，见此情景忍不住突然笑了起来，从她嘴里喷出的一只瓜籽皮，竟然像一只蚊子一样飞了过来，正好就贴在了老成的鼻尖上。老成倒也镇定，他从地上爬起来，一边用手抹掉脸上的瓜籽皮，一边对麦月说，佩服，佩服！我一个饿狗吃屎的动作竟然也没能躲过你飞来的暗标！既然如此，请允许我拍几张照片以示纪念吧。

老成的幽默，立马将自己从困窘中解脱了出来。

麦月咯咯咯地笑得更厉害了。

老成趁此机会，赶紧取下肩上挎着的相机，一口气就拍了三卷胶卷，还意犹未尽。

老成和我回到家里，那身上的火气还没有下去。大冷的天呀，他竟然兴奋得满脸红光。一边吃饭，嘴里还一个劲儿地说，太美了，真是太美了！

我说，老成你是不是被那个妇女同志给迷住了？我告诉你，那可是一个烧红了的火炉子，你是动不得的。

老成愣了一下，说，扯淡呢。

当天晚上，老成在暗室里鼓捣了一夜，将那些胶卷冲了出来。

老成看着那些照片，只是在不停地发呆。

我想，老成是真的被麦月迷住了。男人嘛，都是热爱生活的！

老成到鹤城来时，是准备待一段时间的。可是，当那天他拍的那些照片洗出来后，老成却突然对我说，他要回省城。

老成就走了。老成就跟中了邪似的走了。

老成走的第二天，我才发现，大概是他走得匆忙，竟然将一架相机的闪光灯丢在了我这里，便给他家里打电话，可电话打了一天，就是没有人接，打他的手机，却是关机。

大约是过了两天，晚上十点多钟，我突然接到一个电话，是老成打来的。老成说他出事了，让我赶快带 5000 元钱到大马宾馆去救他。我说，老成，你不是回省城了吗？老成带着哭腔说，你先别问了，你来了再说好吗？

见到老成时，他正低了头坐在宾馆的床上。背街派出所的那个一口黑牙的郑所长坐在他对面的沙发上，他的手上夹着一支烟，一脸牛逼哄哄的样子。

老成现在的样子很是狼狈，一向衣冠楚楚的他，身上衣服的纽扣儿竟然扣错了位。在他们身后的床上，被子零乱地堆在那里。一只波很大的乳罩被丢在床头柜上，仿佛是一只金鱼瞪着一双垂死的眼。

他们两人显然有好长时间没有说话了，两双眼睛全都呆呆地盯着床头柜上的那只乳罩。

背街派出所的那个郑所长早有些不耐烦了，我一进门，他就从我手中接过了那 5000 元钱，说，再让我碰上，就没这么便宜了！说完，他就匆匆走了。

后来我才知道，那天，老成其实根本没有回省城。他偷偷地在背街附近找了一个宾馆住了下来。老成在见到麦月的那一刻就对她动了真心思了。

老成却没有想到，让我给说对了，麦月真的是一只烧红的火炉。当他用他的那些照片和甜言蜜语将麦月诱到宾馆时，背街派出所的郑所长早已盯上了他。老成怎能想得到，对于麦月，郑所长也是一捆干柴。

老成的出事就是理所当然的了。

出了事的老成，人一下子蔫了，好好的一个人，就像被人抽了筋剥了皮似的。我是好说歹说，老成终是那副要死不活、暗无天日的样子。

我想带老成出去散散心，老成死活都不愿意出门。他说，真是丢死人了！我真的有些火了，找出一把刀，扔在了老成的面前。我说，老成，就这球大个事，你要是不想活了呢，这儿有一把刀。你要是还想好好活的话，你立马跟我出门。你不要以为你在省城有点名气就不得了了，你现在是在鹤城，在鹤城没人认识你，你丢啥脸？你信不信，在你们省城，要不是有警察，我敢在钟楼前撒尿！

老成见我火了，硬着头皮和我出了门。

这一天，我带老成去了许多地方，见了我的好多朋友，每见到一个朋友，我就有意将老成介绍给他们。最初，老成还有些不好意思的样子，慢慢地，当他发现我的这些朋友对他并没有太多的关注时，他的脸上渐渐有了笑容和自信。

那天晚上一回到家里，我就问老成，我说，老成，怎么样？

老成说，我操！

说着，我们两人就不由自主地笑了起来。

一墙之隔

岛的个儿不高，长得瘦不拉叽的，薄土里长出的竹一般。平素，岛少言寡语，常常一个人闭了门坐在房间里拉二胡。岛的二胡拉得很好，弓法娴熟细腻，情感真挚饱满，只是那曲儿调儿一色凄楚哀怨，让人听了老想抹泪。

后来学校里调来了竹，竹是个文静腼腆，又极尽可人的女孩。

竹刚调来学校的那会儿，学校住房紧张，校长找岛谈过几次话之后，就请人用土坯将岛原先住过的那间房一分为二，隔成了两个小间。岛住一小间，竹住一小间。岛虽然觉得这种住法有许多不妥当和不方便之处，却也无可奈何。"谁叫我还是单身呢？"

岛依旧拉他的二胡。不过，自竹住到他的旁边后，岛手中二胡流淌出来的曲儿调儿，不再像从前那么惆怅、那么忧愁了。更多的时候，调儿都极尽优美，极尽抒情。

一垛土坯墙，虽然隔断了视觉，却是隔不断听觉。竹每每听到岛在房间里拉二胡，心就随了琴声而去。动情时，禁不住也随二胡的曲儿哼唱几嗓子。岛听见竹和着自己拉的曲儿唱歌，二胡就越发拉得动听了。

慢慢的，岛手上拉着二胡，耳朵里却没有了二胡声，满是那竹的唱歌声。

岛开始喜欢上了竹。

岛喜欢上了竹，就再无心拉二胡了。二胡传情却不能表情。

之后的一个个夜晚，岛就一个人躺在床上，静心地听竹在墙那边弄出的各种声响。任想象插上双翅，穿越漆黑的夜，穿越厚厚的土坯墙，去浪浪地膨胀。

岛觉得，竹在她房间里轻轻地走动声，柔柔地出气声，以及洗澡时把水撩出的哗哗声，在床上不安的辗转声，都令他心动，令他牵肠挂肚。岛一次次想找机会把他对竹的思念说给竹，然而，一旦见了竹的面，他的目光马上就萎缩了。他的一举一动全都乱了方寸。他缺乏这种勇气。他对竹的爱暂时只能在心里。

而竹呢，没有了岛的二胡声，心就像被谁掏去了般地空落，她一个个夜晚都在焦躁不安中度过。可墙那边的二胡声却再没有响起。她不明白岛是因了什么不再拉那把二胡了。是弦断了？是弓坏了？抑或是其他什么原因？竹想，如果岛的二胡声再响起，她一定让岛拉一首情歌，她要用歌声去给岛一个暗示，她喜欢岛。

然而，好像是有意和她过意不去，墙那边的二胡声却再没有响起。

转眼过去了一个学期，这个学期，岛几乎每个夜晚都在想着竹的一颦一笑，听着竹弄出的各种声音中度过的。岛恨自己怎能就没有男儿的胆量！

岛终究有些奈不住了。奈不住的岛一遍遍地在心里恨自己，又一遍遍地鼓励自己。末了，岛就想，何不想个法子试探试探呢？

于是，从某天夜里开始，岛开始早早地躺在床上去睡觉。岛躺在床上，脑子却异常清醒。竹在房里改作业，笔划在纸上的声音，他都听得清清楚楚。岛就装作一副睡意朦胧的样子，又是磨牙，又是打呼噜，还故意翻身把床弄得吱吱作响。然后，他圆睁着双眼，开始说"梦话"。岛的梦话说的全是如何爱竹之类的内容。岛一边说着梦话，一边竖起双耳倾听竹在墙那边的反应。

以后的每个夜晚，岛都是这样，他不相信感动不了竹。

一个一个的夜晚过去了，一个一个的夜晚岛说着梦话。岛爱竹爱得更加热烈。

又是一个十分寂寞、十分无聊的夜晚。岛刚刚躺在床上，就听到墙那边传来了一个既熟悉而又陌生的声音。"是谁呢？"岛搜肠刮肚，在记忆中找了好久，才想起，那是乡上那个副乡长——一个长得很丑，又很自负的男人。

岛的梦话于是从这个晚上开始消失。因为从这个晚上开始，他几乎天天都能听见乡长在竹的房间里说话的声音。

岛又开始拉二胡了。二胡的声音如同在秋天的淫雨中泡过一般，好湿重。

竹在岛的二胡声中与乡长结了婚。

日子又平淡地过去了一年。

这一年里，岛依旧拉他的二胡。

后来的某一天，岛一心一意拉那把二胡时，突然听见墙那边传来了隐隐约约的哭泣声。声音不高，却极为伤心。

是竹在哭泣。

岛这时才忽然想起，那个乡长好久没有回竹那里了。乡长与竹结婚后，几乎天天都喝得稀泥烂醉方才回来。回来后，不是哇哇地呕吐，就是恣意詈骂竹。有时还一意孤行地要与竹做那事。竹若不依他，他就会拳脚相加。竹常常鼻青眼肿地去给学生们上课。岛每每见了，比自己挨了打还难受。

这天夜里，二胡弦"嘣"地一声在岛的手里断了。

第二日夜里，岛忽然又说开了梦话。他骂自个是个胆小鬼，悔自个当初不该未将话挑明，他骂乡长是个畜生都不如的禽兽。岛只是想帮竹出出气，没想到，当他泪流满面地骂完这些时，墙那边竟然传来了竹的声音。竹说，岛，你骂有什么用？悔又有什么用？我知道你是爱我的，那时，你每天夜里都在为我说着梦话，我是天天等着你将梦中说的话能在晴天白日地当我面说一遍呀，可你那时为什么就不说呢？

这个晚上，岛一夜没合眼，他知道竹一夜也未合眼。一堵墙隔着他们，竹没再说话，岛也没说话。

第二天，岛找到了校长，岛与校长说了什么，无人知道。过了两天，岛就搬出了那间房。

岛自己掏钱在学校的外面租了间民房，每天，岛按时来学校上班，按时下班，没人知道岛是否还拉不拉那把二胡。

熟 悉

我去买个西瓜。

赵末说。

然后，他就走出了门。瘦瘦的身子晃进了长长的巷子。巷子的那头，是一条大街，很宽。这个中午，赵末就这样走进了那条巷子。他一直往巷子里走着。就在走到巷子中间的某个地方时，赵末看见了一个很窈窕的身影在他前面不远的地方走着。赵末觉得那个身影很熟悉，仿佛以前在哪儿见到过似的。他甚至想那身影似乎就是他生活中的某个熟人。赵末便想赶上去。但刚走出几步，那身影便在眼前拐了个弯儿走掉了。

赵末加快了脚步，他几乎是小跑了起来。在他气喘吁吁地跑到那个身影拐弯儿的地方时，他愣住了——那个地方是一道高高的院墙。赵末想，那身影是从哪儿拐走的呢？

这时，赵末已完全忘记了买西瓜的事。他满脑子里都是刚才那个身影。

是谁呢？

赵末这样想着时，他已走出了巷子，走上了街道。

之后，就在他带几分失望，想放弃这种毫无结果的猜想时，突然之间，好像是断了的电视电线接通了似的，一个叫达梅的女孩那熟悉的身影，一个猛子扎进了他的脑海。

但是，赵末除了记得达梅的身影和她那排洁白的牙齿之外，却怎么也想不起达梅脸上的模样了。他觉得非常怪，我怎么想不起她的模样，却记得她的牙齿呢？

赵末为了证实自己的猜测是否正确，他跑到公用电话亭给达梅家打了个电话。

喂，达梅吗？

赵末在电话接通时，还在拼命地想从记忆里搜索出达梅的模样。

对不起，你打错了！未等赵末反应过来，对方已挂断了电话。

错了？怎么会错呢！电话号码是达梅亲手写在他随身携带的袖珍电话号码薄上的呀。

赵末又仔细按电话号码拨了一次。

这一次，对方似乎显得有些不耐烦，他的话尚未问完，对方便把电话挂断了。

"操！"赵末觉得今天他妈的邪了。达梅的这个电话不知打过多少次了，怎么会错呢？

也就在这时，赵末突然发现了不远处的街道那边围着一圈儿人。仿佛人体内的某根血管"血栓"了似的，交通已被阻塞了。赵末便好奇地走过去。他也想去看一看发生了什么事，却怎么也挤不进去。他正准备问身边的一位女士时，一抬头看见了身边的那棵梧桐树上溅着一摊鲜红的血。那摊血正的中间有一节惨白的手指，仿佛要从树里抠出什么东西似的。

这时，巡警来了。赵末像一张膏药似的，贴着巡警的屁股挤进去时，就看见一辆摩托下面，躺着一个熟悉的身影。

是达梅！赵末的脑海里立即跳出了这个想法。可等他看见那张脸时，他忽然拿不定主意了。达梅是有一排洁白牙齿的，可眼前这个已经死亡了的女孩，那微张着的嘴里的门牙却豁了一只，犹如一道高墙上开出了一个洞。

这便不像了。

于是，这只豁牙，便深深嵌在了赵末的脑海里，仿佛一只铁钉钉进了水泥墙上。直到他回到家里，依然非常清晰。

吃西瓜时，赵末的妻子很兴奋。她说，今年的西瓜真甜。但赵末却还没从那只豁牙中回过神来。

后来，妻子突然张开嘴对赵末说，赵末，我的牙是不是被西瓜硌掉了一颗？

赵末抬眼看着妻子那粘满血一样红艳艳的瓜汁的嘴，一排牙完整无缺，像小学生排队一样站在那里。

赵末说，你是不是说笑话，吃西瓜硌掉牙，我还从未听说过！

妻子说，怎么西瓜就不能硌掉牙？

赵末说，西瓜是软东西，你听说过一团棉花把人打死的事吗？

妻子说，听是没听说过，不过，你将手伸给我。

赵末便疑惑地将手伸了过去，妻子一张嘴便将一颗牙吐在了他的手上。

赵末看见那颗牙很白，很白。

郝中这个人

还是说说郝中吧。怎么说呢，在我的印象里，郝中总是行色匆匆的，一直都是很忙碌的样子。比如说你和他一块走路，你是不能打马虎眼的，你稍一走神，再回头时，也许他早没了踪影。我们和他开玩笑说，你谈恋爱时丢过女朋友没？你女朋友要是和你一块散步，十个怕都丢了。

郝中的儿子上小学时曾写过一篇作文，题目叫《我的父亲》，这孩子还真聪明，他笔下的郝中生动而形象：我的父亲是个急性子，我和他一块上厕所，他大便，我小便，我的尿还没尿完呢，他就提着裤子走出了厕所。

急性子并没有什么不好的。比如郝中，当初他和秋小晚谈恋爱时，就省去了好多繁琐的过程。他就像一首没有序曲、没有过渡的歌一样，音乐一起，就直奔高潮而去。

那时，郝中在县运输公司开车，是一辆老式的解放牌的油罐车。他的车在公路上跑的时候，屁股后面总是烟雾冲天，那样子仿佛是一条尾巴上点燃了一掛鞭炮的狗。

有一次，朋友拉着郝中去县剧团看戏。郝中喜欢那种打打闹闹的武戏，一听见演员在台上咿咿呀呀地唱，他就没了耐心，就东张西望地想找点热闹。这一东张西望，郝中就被台侧乐队里的那个弹琵琶的女子吸引了。那女子长得眉清目秀的，特别是那长长的头发，被一条丝绢轻轻拢住，再从左肩前斜披下来，真如行云流瀑一样。当下，郝中就一眼认出了那女子是他上小学时的同桌，他差一点就喊出了她的名字——秋小晚。

郝中上小学时，一到夏天，中午就得在学校午休。有一次，他和秋小晚分别睡在属于他们的桌子和凳子上午休，不知哪个可恶的家伙，在他们睡着的时候，竟然解下了郝中的裤带，用它将秋小晚的两根发辫绑在了凳子腿上。午休的起床铃响起的时候，秋小晚因为发辫被绑在了凳子腿上，怎么也起不来，而郝中却揪着他的裤腰，满世界地寻找他的裤带。

这个意外的发现，让郝中一下子兴奋了起来。第二天，郝中就给秋小晚寄去了一封求爱信。郝中的求爱信是这样写的：

秋小晚，我喜欢你，如果你觉得行的话，就到运输公司来找我坐车吧。

这是郝中平生第一封求爱信。他将信一发出去，就时时刻刻地盼着秋小晚来找他坐车。他不出车时，就找各种各样的借口呆在运输公司的大门口，等着秋小晚的到来。连同上厕所他都是急急乎乎的，他生怕秋小晚真的来找他而找不到他了。

过了几天，没想到秋小晚还真的来找郝中坐车来了。也不知是秋小晚是用这方式来表达她对郝中那封信的默许，还是她是真的有事要坐车。秋小晚是和她的姑妈一块来的，她说她要陪她姑妈去省城办事。

郝中当时那个高兴呀！他连忙将车门打开，让秋小晚和她的姑妈坐进了司机台，一脚油门就超过了好几辆车。

车行到半道的一座山顶时，就突然熄火了。郝中说对不起，车坏了。他让秋小晚的姑妈踩着车闸，就拉着秋小晚要她下车去帮他修车。秋小晚和她姑妈谁都没有想到这是郝中的一个阴谋，一个狠命地用脚死死地踩着本就不用踩的车闸，一个就这样随着他钻进了车底。

郝中就这样在秋小晚姑妈的眼皮下，在车底下把秋小晚变成了他的媳妇。

日子就像郝中做事一样匆匆地飞着往前过。郝中和秋小晚匆匆结婚后，匆匆有了一个小孩。接下来，孩子就匆匆地长大了。郝中依然开着他的车东奔西跑地挣钱养家糊口，秋小晚却像弹她的琵琶一样，很有节奏地操持着家务。郝中虽然做事潦草些，可郝中对秋小晚的爱却是越来越深，越来越烈。只要他出车回来，不管多晚，也不管多累，一进门他就抱着秋小晚温存一番。之后，就一股脑儿地将他给秋小晚带的吃的穿的摆满一床，让秋小晚一一过目。秋小晚有时也怨郝中性子太急，做起事来，就像行军打仗一样，可一看到疲惫地躺在床上嘴角还挂着微笑的郝中，想到郝中对自己的疼爱，心里的不满也就不消而散了。是呀，一转眼郝中都快奔五十了，她曾劝郝中，不要他再出车了，可郝中却说，等儿子大学毕业了，等把买房子的钱还完了，他就不出车了，回来好好陪她，天天给她做好吃的，天天晚上陪她散步，给她洗脚。

这样的好日子，郝中最终还是没等来。

那天，郝中出车回来打开屋子门，当他扬着手里给秋小晚买的东西，等待秋小晚温暖的一抱时，却见秋小晚身子歪斜地躺在客厅的地上。他手忙脚乱地将秋小晚送到医院里，医生告诉他，秋小晚脑出血了，梗阻了，半身不遂了。也就是说，秋小晚那只曾经拨弹琵琶的纤纤小手，从此将僵硬地杵在那里动不得了。

儿子正在为他的工作忙着，是靠不住的。一切只有靠郝中。

郝中终于不出车了，单位考虑他的情况，给他安排了一个闲一点的工作，让他能照管秋小晚，只是工资比不得从前了。

尽管郝中性子急，但在一个病人面前，他还是学会了细心，每天给秋小晚吃了药，他会给秋小晚做做按摩，再扶着她到外面转转，做些力所能及的锻炼，他坚信秋小晚在他的细心照料下，早晚是会重新站起来的。

最初，秋小晚的手还真的能上下动动，说话语速慢一点，还是能听得清的。扶着她，她还能坚持围着小区的房子转一圈。可随着时间的推移，秋小晚的病情是越来越重了，她只能躺在床上，吃饭喝水得郝中去喂，拉屎撒尿要郝中去帮。她的眼睛虽然还一闪一闪地亮，可她只能用动物般的嚎哭来表达了。

一晃就是五年，亲戚朋友们觉得郝中日子过得真是太凄惶，就劝他再找一个女人，一来是帮帮他，二来也好有个搭伴说话的人。郝中想了想也就答应了。可是，一连见了好多个似乎都没有成功。不是人家听了他的情况打了退堂鼓，就是郝中觉得对方达不到他的条件。

郝中的条件说起来很简单，那就是要细心。

这天，又有人给他介绍了一个。郝中去见了，对方对他也挺满意的，愿意和他一起照顾秋小晚，郝中也觉得对方这人还不错，一切看起来似乎是水到渠成了。两人准备再喝一杯茶就一块去郝中家看看，就在那女人拿起了茶壶给郝中添水时，却发生了意外，郝中看见那女人端着茶壶，水是没倒进茶杯，那壶盖却跌落在了桌子上，郝中看着在桌子上骨碌碌旋转的壶盖，说了声对不起，就头也不回地走了。

回 乡

谭小石带着朗朗回到梅镇的时候，梅镇刚刚经历过一场秋雨。镇子街道上的积水还没有干，一团一团的积水，如同一面面镜子，把远山近影尽收其中。一眼望去，那窄窄的街道，就跟一幅幅画一样，格外好看。

朗朗走在谭小石的身边，就像一面旗帜一样鲜艳夺目。他们跳过一潭一潭的积水，那左蹦右跳的样子，就像一对行走在画上的蚂蚱。镇子上男人们的目光在那一刻仿佛变成了一双双贪婪的手，开始在朗朗的身上摸来摸去。

谭小石就是这样在人们羡慕的目光中，带着朗朗从梅镇的街道上向家里走去。

对于谭小石要回梅镇，镇子上早有了传闻。一种说法是，谭小石这么多年在外面开了公司赚了很多钱；还有一种说法是，谭小石在外面替人坐了几年牢，人家给了他一大笔钱。但不管怎样的说法，有一点是可以肯定的，那就是谭小石有了很多的钱。

谭小石是在十年前离开梅镇的。谭小石是个孤儿，家里很穷。有句话叫穷凶极恶，谭小石当时就是那样。镇上的人都还能清晰地记得谭小石被村长拿着大木棒赶走时的情形。村长家的东西丢了，村长一口咬定是谭小石偷去了，他提着一根木棒子追打着谭小石。那天，天上正下着雪，谭小石赤着一双脚，像一只被猎人追赶的兔子一样，在雪地上跑着，他就是那样在村长的追赶下跑出了镇子，跑出了人们的视线，从此再没有回来。

没想到，谭小石在十多年后，又回来了，而且是以一个有钱人的身份回到了梅镇。

谭小石回到梅镇的第一件事，就是要在老庄子上重新盖几间新房起来。他再也不会离开这地方了。梅镇对于谭小石来说，虽然有恨，但更多的还是爱。他心里比谁都明白，那时，与其说是他去偷别人的东西吃，不如说是大家在用另一种方式送他东西吃，镇子上的人家，几乎都是把吃的东西放在他能看得见的地方，让他偷去了吃。谭小石离开村子十多年，但他也把这份感激在心里酝酿了十年。

现在，他终于回来了，他要把这份感激变成一种回报。他和朗朗找到镇子上最好的酒馆，订下了最好的酒席。之后，谭小石和朗朗挨家挨户地送去了请柬。

让谭小石没有想到的是，开宴那天，镇子上的人好像商量好了似的，都没有去赴他的宴席。

那一刻，谭小石的心凉到了底。他看着镇子上那一个个让他心存感激的人，觉得他们是那样的陌生。他是诚心诚意的，竟然没有一个人领情。他弄不明白这是为什么。

更让人想不到的事还在后面。

谭小石将老房子推倒了，他准备在老庄子上起新房时，他掏钱都没有人愿意来帮他的忙。朗朗看到这种情况，劝他回城算了，他们的钱足够他们在城里挥霍一生的，可谭小石说什么也不同意。他坚信镇上的人迟早是会接受他的。

镇子上的人不愿帮，谭小石去别的地方请来了建筑队把房子盖了起来。

搬进新房的那一天，谭小石买了许多鞭炮，那噼哩啪啦的鞭炮足足响了半个多小时。镇子上的人都远远地站在那里看热闹。

在鞭炮声中，一辆卡车从公路上开了过来，在谭小石的指挥下，那车开到了谭小石的新房后面。那里不知什么时候已修好了一个鱼塘。几个年轻人从车上跳了下来，他们是给谭小石送鱼苗的，那鱼苗被倒进鱼塘的那一刻，整个鱼塘都沸腾了起来。

谭小石本来想对看热闹的乡亲们说，等鱼养大了，在家想吃鱼了就来，可他的话终究没有说出来。他发现所有人的目光都是硬硬的，冷冷的，仿佛上了一层锈，结了一层霜，没有一点热情。

谭小石住进新房刚刚三天，那乔迁的喜气还没有挥洒干净，新房的玻璃却在一夜之间，被人用石块打碎了大半。这事很快就在梅镇传开了，看着镇上人那幸灾乐祸的神情，谭小石什么也没说，他悄悄地去买来了玻璃重新装上。

可事情并没有完。过了一段时间，谭小石专门买来看鱼场的狗，就口吐鲜血，死在了鱼塘边。这一次，朗朗不同意了，她哭着闹着要回城，她说她不想这样提心吊胆地跟谭小石过日子了，要么，谭小石和她一块回城，要么，她就一个人走，反正她是不会再在这儿待下去了。

谭小石好说歹说，连哄带骗地，总算把朗朗留了下来。也许是这一次真的有些过分了，当谭小石拉着朗朗从街上往家走的时候，他见许多的目光都是闪闪烁烁的，好像要向他证明，这一切不是他们干的。

谭小石息事宁人了。

经了这几次事情之后，日子总算安静了下来。镇上人对谭小石最初的那种抵触和仇视，也慢慢的得到了改变。鱼塘里的鱼也开始一天天大了起来，谭小石见了镇上的乡亲，就面带笑容地向他们发出邀请，他让他们想吃鱼时就去捞。他甚至将鱼捞好给那些年长者送上门，可还是没有人领他的情，那些被他送上门的鱼，要么让他们丢了喂了狗，要么就那样挂在门前的树上，看着一天天地烂掉。

潭小石觉得他的心在一抽一抽地痛。既然没人吃他的鱼，那就卖吧。

谭小石就开始天天地张罗着联系买主。

那些天，平时门可罗雀的谭小石的家里，一下子热闹了起来。不停地有人来，有人去的。

偏偏就在这时，又出事了。

那天早上，谭小石陪着头天晚上赶来买鱼的鱼商到鱼塘看鱼时，鱼塘的鱼全都白花花地漂在了水面——谭小石的鱼塘被人下毒了。

镇派出所的民警来了。镇上所有的人也都来看热闹了。

派出所所长一边吩咐民警们查找线索，一边安慰着谭小石。谭小石脸上的表情十分的绝望，他将小鱼筏划到鱼塘中间，一言不发地将那些死鱼，一条条地捞起来扔到岸边。

错出的姻缘

面对这种情况，所有人的目光都流露出了一种同情，不知是谁突然喊了一声，咱都去帮帮小石吧！于是所有的人都奔向了鱼塘。

毒鱼案最终没有破了。或许是同情的缘故，梅镇上所人的人突然就改变了他们对谭小石的看法，他们没事了就去谭小石家坐坐，他们还自发地去帮谭小石修整了鱼塘。他们开始抽谭小石的烟了，喝他的酒了。更有激进一点的三天两头地到派出所去问案子的情况。有人甚至当着派出所所长的面骂他，说他无能，连这样的案子都破不了。

只有派出所所长心里明白，这案子他是一辈子也破不了的。因为从砸玻璃那件事起，一切的一切，都是谭小石自己策划，自己干的。他砸了自家的玻璃，他毒死了自家的狗，他毒死了自家那一塘的鱼。他没有别的想法，他宁肯花钱，也想和这些曾经有恩于他的乡亲们融为一体。

媒　人

　　杨红旗这个人，也是从我们老家那边到省城打工的，算是乡党。我在后村租房住的时候，他也在后村住着。只是我们彼此并不认识。后来，朋友介绍在一块吃过几次饭，就熟了，知道他为人很仗义，是个热心肠的人。

　　朋友说，有什么事要帮忙的了，就找杨红旗吧。

　　有一次，我和一个朋友在后村的饭馆里吃饭，正好遇着杨红旗，就坐到了一起。喝酒的时候，我对朋友说，哥们儿，杨大哥是个很会办事的人，快给他敬杯酒吧，将来请他给你帮着找个对象。

　　杨红旗听了这话，就眉飞色舞地笑起来，他说，这你算是找对人了，不说远的，光是今年，经我介绍的就成了三对了。

　　酒场上说的话，说过就撇了，没当真。

　　不想过了十来天，杨红旗真的打来了电话。他在电话里说，他给我朋友物色了一个对象，大学毕业，人长得不仅漂亮，性格还很素静文雅。他让我的朋友去和这女孩见见面。

　　杨红旗还真是个办事的角儿！我说，我得和朋友商量商量，杨红旗说，商量什么呀，我都和人家女孩说好了，明天中午，建设路的上岛咖啡馆，不见不散。

　　第二天，朋友按时到了约定的地点去和那女孩见面。

　　一会儿工夫，杨红旗就给我打来电话。杨红旗在电话里说，哈哈，现在两人已接上了头，在茶馆里谈上了。我是找了个借口撤出来的，情况如何，我们晚上分头问问他们，不管什么结果，明天中午回个话吧。

　　第二天，还没到中午，杨红旗就打来电话，他说女孩觉得我的朋友还不错，问我朋友对女孩的印象如何？

其实，当天晚上，还没等我给我朋友打电话，朋友的电话就打过来了。他让我谢谢杨红旗，女孩其实挺好的，可他就是不来电。

我只好将情况给杨红旗说了。结果可能有些出乎杨红旗的意外，他突然提高了嗓门，什么？就你朋友那德性，还看不上那女孩！好了，好了，你就让你那朋友等着后悔去吧。

过了一个多月吧，有一天，杨红旗突然给我打来了电话。听声音，很得意的样子。

杨红旗告诉我说，他现在正在建设路的上岛咖啡馆，他让我赶紧过去一趟。我问什么事呀这么急？我正在外面办事呢。他说，也没什么急事，就是想让我去见见上次给我朋友介绍过的那个女孩。

杨红旗给那女孩又介绍了个对象，是市电视台的一个编导。各方面的情况都比我的那朋友好。他让我去看那女孩，就一个目的，要证明他的眼光没有问题。杨红旗说，他一定要给女孩找个比我朋友要好的对象！

听了杨红旗的话，心里觉得好笑，这人还真有些意思。太较真了。

那天我最终还是没去见那个女孩，婚姻这事总得讲个缘分的。萝卜青菜，各有所爱。即使那女孩真的长得不错，证明杨红旗的眼光没有问题，又能怎样？那女孩和我的朋友没能成，说明他俩没缘分，能和那个电视台的编导成了，说明他们俩有缘分。

这事就这样过去了，杨红旗大概还在生我朋友的气，有好长时间也不给我打电话了。

中秋节到了，几个没着没落的朋友准备聚到一块吃饭，都是背井离乡的人，过节的时候都想在一块热闹热闹。突然就想到了杨红旗。

算一算，真是好长时间没见到他了。

一个朋友说，听说杨红旗的老婆正在和杨红旗闹离婚呢。

我有些不相信，杨红旗这人还真是个好人呀，不仅对朋友仗义，对老婆也挺不错的呀，怎么就离婚呢？

那个朋友说，那是以前的杨红旗，人总是在变的。听说杨红旗现在可牛了，整天带着一个漂亮的女孩东游西荡的，好像还是个大学生呢。

怎么可能呢？我拨通了杨红旗的电话。

没等我开口，杨红旗就在电话里滔滔不绝地说开了。

知道我现在在哪儿吗？呵呵，我正在去武汉的路上。记得上次给你朋友介绍的那个女孩吧，我带她去武汉相亲去。那边有个朋友，自个开了家公司，有房有车的，比上次那个什么电视台的编导要好多了。我想，这一次一定没问题的，等我回来请你喝酒吧。

这个杨红旗呀！我还能说什么呢？

我对着电话说了句，祝你成功，挂上了电话。

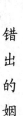

错出的姻缘

儿子的求助电话

老鱼租住的房子在后村。

在后村租房住的，几乎全都是江浙一带来这儿做生意的，那些人说起话来，软声细雨的，舌条就像那春风里舞动的柳枝，在嘴里绕来绕去的。总给人一种纠缠不清的感觉。

后村那窄窄街道上开的小饭馆，就有所不同了，川菜、湘菜、粤菜一应俱全，一家挨着一家。

老鱼吃饭时，总爱去那个叫重庆老大妈的餐馆，一个原因是，那家餐馆的那台电视里总喜欢播放武打片，大老远的，就能听见电视里传来刀枪棍棒的声音。吼吼叫叫的，很热闹。这很对老鱼的胃口。另一个原因是，去那家饭馆吃饭的人并不是很多，显得清静些。老鱼去了，在靠近门口的那张桌子上一坐，不用费口舌，说一句，老样子，老板就心领神会。

等饭的当口，老鱼点一支烟，便伸长了脖子，看那些打打杀杀的片子。

这个时候，老板的儿子正好放学，那孩子生得细小细小的。一回来，就摊开书包，将里面的作业本拿出来，在门口的边上摆一只方凳写作业。

老鱼跟这孩子已经很熟了，知道他叫小伍，十一岁，正在上小学五年级。这孩子的学习很好，几乎每次考试，都能拿回一张奖状回来。别人家的饭馆的墙上要么是贴的酒广告，要么贴的是饮料方面的广告，可这家饭馆的墙上贴的全是儿子小伍从学校拿回来的奖状。每次看着墙上的奖状，总会让老鱼的心一揪，不由得想起正在老家读书的儿子来。

老鱼的儿子十二岁了，也是在读小学五年级。老鱼是在儿子刚上小学一年级时出来打工的，一转眼的工夫，儿子就是五年级了。老鱼儿子的学习在小学三年级以前，一直很好，也让老鱼很是得意了一阵子。可是后来，也许是老鱼不在儿子跟前没有约束、没人督促的缘故，到了四年级，儿子的学习成绩就开始开倒车了。平时的功课总是有很多不会做。这让老鱼的心里很有些着急。

着急归着急，他有心去督促督促儿子，可身处两地，相隔千里，却是鞭长莫及。

后来的一天，老鱼到饭馆吃饭时，看见小伍趴在凳子上做作业，老鱼看着看着，突然就冒出了个想法，他要和儿子同时学习。

有了这个想法，老鱼就到书店里照着儿子的课本和课外作业，一样买了一套。每天来饭馆吃饭时，他就把小伍老师给他布置的作业问个清清楚楚，小伍的课程进度竟然和儿子差不多，老鱼问清了作业，吃完饭了，就赶紧回到他租住的房子里关起门来做作业。

老鱼是高中毕的业，刚开始，他是信心十足的，他以为小学五年级的作业对于他来说是很简单的。没想到，等他拿起题开始做的时候，才发现，问题要比想象的复杂得多。有好多的题把他想得满头的大汗，也做不下来。好在小饭馆离得很近，他就将题拿过去问小伍。小伍这孩子真是很聪明，虽然他满脸的疑惑，但他三下两下地就把题给做出来了。

题做好了，老鱼就拿着练习本到附近的话吧给儿子打电话，话吧的话费很便宜，老鱼就是把儿子不会的题反复讲上几遍，也花不了多少钱。

这效果还真不错，没用多长时间，儿子的学习竟然赶上去了。

毕竟还是有些心痛话费，儿子的学习赶上去了，不会做的题就慢慢的少了，老鱼就和儿子约定，他不再每天给儿子打电话讲题了，他让儿子遇到不会做的题了再拨他的电话。当然，电话是不用接的，只是传递一个求助信号，老鱼接到信号，再去话吧打电话。

老鱼对儿子说，儿子，记住，求助电话越少，说明你学习进步得越快。

老鱼每天在小饭馆吃完饭，依旧回到他租的房子里做作业。可是儿子的求助电话真的是越来越少了。很显然，儿子是在用这种方式证明，他正在进步。

电话少了，老鱼的心里是又高兴又失落。坐在小饭馆吃饭时，他再没心思看那些打得热热闹闹的武打片了。看着小伍在那儿认真做着作业，他的心里不知怎的，就开始盼望儿子的作业出错，盼望儿子有更多的不会做的作业。那样，他就又能接到儿子的求助电话了。

他想听儿子那还有些稚嫩的声音说：爸爸，这道题应该用哪个公式去解呀？

傻子叫睡

傻子叫睡。

傻子先前并不傻，是个英英俊俊讨人喜欢的后生。

但是他现在傻了。那个曾躺在他臂弯里信誓旦旦、海誓山盟说非他不嫁的玫像树上的鸟儿一样飞走了。他呢，仿佛成了一节木头，每日里只能靠父母将他背到屋檐下晒老阳儿，吃饭也得看哥嫂的眉眼高低了。傻子的心里好难受好难受。其实，只有傻子自己知道自己并不傻的。和以前相比，他只是腿脚手臂不灵便了，只是说不来话了。他的脑子并没有多少变化的。现在一个人每日里坐在屋檐下，除了想过去一些事，再没有别的事可做了。他甚至觉得他的头脑比过去更成熟了。

自从那天晚上出事，他越来越明显地感觉到自己的双手和腿像被绳索套住似的难以自主后，他心里就清楚地感到他和玫之间算是完了。即使玫痴心不改要嫁他，他也不会同意的。他不愿自己心爱的人跟自己遭一辈子罪。但是，他不能说话了。这想法只能埋在心里。

但是后来，当他知道玫对自己的父母在他出事这件事上说了假话之后，把他的心伤透了。甚至变得对玫这样的女孩有些憎恨了。玫说他是夜里下河挑水时发现了躺在河里、血流满面的他的。父母为此还对她感激不尽。他真想把事情的真相说出来，可他却不会说话了。事情怎么会是这个样子呢？他在心里一遍遍呼喊着。可谁也听不见了。他知道，这事只能当作一个千古之谜埋在他心里了。

他之所以变成现在这个样子，是与玫有很大的关系的。

那个晚上，他去河滩上和玫约会，当他踩着月光走近河滩时，猛然听到一声喊：救命！他听出是玫的声音。他抬头望去时，看到了在水中挣扎

147

的玫，他几乎连衣服都未来得及脱，就健步冲上去，一头扎进了水里。当他的头与浅水中的石头撞出一声闷响时，他才知道是上了玫的当。玫是在和他开一个玩笑。玫那银铃般的笑声在水皮上飘来飘去。

是玫的一个玩笑把他变成了这个样子。他的生活像一幅令人惨不忍睹的画，从此固定在了画框里。而玫呢，却丢弃了他，又重新对生活作了选择。人呀！至今，玫那银铃般的笑声还在他的脑子里飘来飘去。

玫出嫁那天，好热闹。那天的太阳很暖和。他也是这样坐在门前的屋檐下，看着迎亲的队伍吹吹打打地从村前走过。他心底虽然恨玫，可不知怎的却又很想见见玫。玫远嫁了，再也不会像从前一样低头不见抬头见了。可玫从他面前走过时，连头也没有向他拧一下。时间过得真快呀。转眼，玫就有了孩子。玫的孩子长得天真可爱。每次见了那孩子，他真想亲一口，在孩子脸上摸一下，哪怕一下也行呀！可他的手却动不了。他真想和孩子说说话，可他不能说话。

那是一个很好的艳阳天。玫的孩子不知怎的独自一人跑来了。开始，孩子睁着一双惊恐而好奇的眼睛看着他。是他的笑使孩子放弃了害怕的念头。孩子开始和他变得亲近起来，孩子做各种鬼脸跟他玩，惹他开心。正在这时，玫忽然来了。玫拉起孩子，狠狠在孩子屁股上拍了几掌。玫说，你个没用的东西！怎么和一个傻子在一块玩呢？孩子呜呜哭了。他的心也在哭泣，他想说什么，却说不出来。

叛　徒

　　小蓉刚刚踏上革命道路，组织上就安排她和大亮以夫妻的身份在州城的背街开一爿杂货店，秘密联系党的工作。

　　杂货店建起来后，小蓉坐店，大亮则东奔西跑的，以进货为名进行地下活动。大亮人很机灵，办事又精干周密，他们用杂货店作掩护，双方默默配合，一次次完成了党组织交给的重大任务。这时，他们的"假夫妻"也几近成真。小蓉深深地爱上了大亮，大亮也深深地爱上了小蓉。

　　正在这时组织上交给他们一个重大任务。地下党外省的一名要员，要和州城游击大队长于两天后，在州城外的王村会晤议事的消息，被日本人探听到。日本人已封锁了城门，对进出城的人都得一一检查盘问，方才放行。大亮的家就在王村，对王村的情况熟悉。为了飞快地让两位地下党要员撤离王村，组织上决定，让小蓉和大亮以夫妻回门的名义，赶上在两位要员会晤之前，将这一消息传到。

　　小蓉和大亮接到这个任务，经过周密布局，终于混出了城门，然而当他们刚刚赶到王村，敌人也赶到了王村。

　　王村的几百人都被逼到了麦场上，小蓉和大亮自然也在其内。更重要的是，地下党的两名要员也在其内。敌人架起了机枪，把麦场围攻得个水泄不通。他们威胁、恫吓，要王村的群众交出两名地下党员。可是，不管敌人用什么手段，没一个人理睬。大大的麦场静得只有一颗颗跳动的心的声音。穷凶极恶的敌人终于忍耐不住了，他们哗啦啦子弹上膛，他们要一分钟杀死十名群众，直到交出地下党员为止。

　　"砰"，一名无辜的群众倒在了敌人的枪口下。

　　"砰"，又一名无辜的群众倒在了敌人的枪口下。

这时，大亮却突然站了出来。他走到敌人小队长跟前耳语了几句，敌人的枪才算放了下来。小蓉还没明白是怎么回事时，却见敌人的小队长和大亮一块走向了人群。大亮的目光在人群中搜索着。最后，大亮的手指就点在了两个人的身上。随着大亮的手指落下，早有几个小鬼子扑上去，抓住了那两个人。

小蓉见此情形，一气、一急、一怒，脑袋嗡的一声，就昏了过去。

之后发生的一切，她都不知道了。

小蓉醒来时，麦场上的人已散尽，后来她才打听到，大亮以及被大亮认出的两名地下党要员已被敌人带进了州城。

小蓉打听到这些后，连夜赶路回了州城，她要赶紧把这件事告诉党组织。虽然她心里爱着大亮，但一想到大亮是个叛徒，她的心就如刀绞。

小蓉在杂货铺里守了一天，也没能和党组织联系上。她和大亮开的这家杂货店，虽然是为了方便联系地下工作可以前，都是由大亮联系的，她根本不清楚该怎样和组织联系。

第三天，两名地下党要员在城门外的沙滩上遭敌人杀害。枪杀地下党两名要员的那天，小蓉也夹杂在人群中去了沙滩。她看见大亮已西装革履，腰挎短枪，耀武扬威地跟在日本人的屁股后面。小蓉见大亮那副德性，几次去怀里摸那把大亮亲手交给她的枪，想干掉他，可她怕组织会在这个时候采取行动劫法场，那样的话，自己不是破坏了组织的整个计划？

然而，一切都江堰市出乎她的意料，两名地下党最终被杀害了，并且抛尸沙滩，不准任何人去安葬。

又是几天过去了，小蓉仍然没有和组织取得任何联系。一个个晚上，当她想到那两名地下党是惨死在自己曾经深爱着人的手下时，她决定冒死也得去把这两人的尸首给安埋了，以安慰他们的在天之灵。

这天晚上，她悄悄地摸出了城，当她踩着沙沙作响的河沙走近沙滩时，忽然层峦叠嶂现一个影子倏地伏在了沙滩上。小蓉脑子一闪：敌人会不会是用这两具尸体来引我地下党上当？小蓉想到这儿，决心更加坚定了，只有葬了这两具尸体，才能让敌人的阴谋彻底破产。

小蓉毫不畏惧地向那伏在沙滩上的黑影走去。

当小蓉走近那个伏着的人时，她不由吃了一惊：那人竟然是大亮。

大亮也认清了眼前的人是小蓉，可未等大亮开口，说时迟，那时快，小蓉已扣动了手中的枪栓。随着枪声，小蓉看见大亮倒伏在了沙滩上。

小蓉走近了大亮，却奇怪地发现，在血泊中挣扎的大亮，前胸上却插着一把刀。

大亮说，小蓉，他们不是那两个地下党员，他们是我的两个哥哥。

"噗"的一声，小蓉手里的枪掉在了沙滩上。她抱起大亮时，沙滩那边一串火把正在一步一步地向他们靠拢。

错
出
的
姻
缘

感　染

许多年前，在我们白家庄发生了这样一件事。

一个来我们村上山下乡的知识青年，在一个骄阳似火的天气里去河里游泳。山里的河流水不大，但却流急潭深石头多，稍不留神便会做了龙王爷的轿夫。

这个青年自然不知道这些。他凭着他很好的游泳技术，凭着他年轻气壮，凭着他城里人的自信，硬是不听任何人的劝阻，一头扑进了一个山里人祖祖辈辈都不知底细、不敢靠近的深水潭中。

后果是不言而喻的。十几分钟后，这个青年被山里人及他的同伴用绳索和竹竿从深水潭里捞了出来。

那时，几乎村里所有的人都到了河滩上。队长让人牵来了队里最强壮的犍牛。让人将那个青年倒悬在牛背上，拼命地抽打着牛，让牛在河滩上狂奔乱跑，企图将灌进他肚子里的水颠出来。几个乡间赤脚医生也闻讯提着药箱赶来了。压腹，人工呼吸，该做的都做了，能想的办法也都想了。可最终大家眼见着这个青年那年轻的心脏无可奈何地停止了跳动，也束手无策。

就在大家绝望之时，恰逢一个乡间兽医打此经过。兽医见此情景，二话没说，忙让人将这个青年背到就近一农户的家里。他几乎什么也没来得及准备，就将这个已停止心跳的青年放倒在了一张柴桌上。然后从腰间拔出一把劁猪刀，没等大家明白是怎么一回事，他已划开了那青年的肚皮。他像宰猪一般，将血淋淋的劁猪刀往嘴里一含，之后，将那只连洗也没来得及洗的脏乎乎的手伸进了那个青年的腹腔内。他的手，托住了青年的心脏，开始一下一下地轻轻地抖动……

人们正诧异时，奇迹发生了。人们发现那青年已停止好长时间之后的心，又慢慢呼出了游丝一般的一口气。

在场的几位乡间赤脚医生被眼前的情景惊呆了。同时，也被兽医的这种行为激怒了。他们几乎恼羞成怒地说：你知道你这么做意味着什么？感染！你懂得不懂得感染会产生怎样的后果吗？

"我不知道，但我却想，如果连生命都没有了，哪来的感染！"

兽医说完这话，就像劁猪时那样，用针缝好了划开的肚皮，便头也不回地扬长而去。

这个青年没有感染。当然这也许是后面医生给他用药的缘故了，他活过来了。他在床上躺了两个多月就旺旺势势地活过来了。

几年之后，这个知青回了城。知青的叔父是那座城市里最有名的外科医生。知青回到城里自然把这个奇遇讲给了他的叔父——那个著名的外科医生。他的叔父在听完了这几乎是神话的事情后，也禁不住大吃一惊。当他看清侄儿的伤口，确信无疑这是事实时，说："这样的手术，也只有兽医才敢做！"

远 方

冬日的中午，奶奶和孙子躺在房山花的躺椅上晒太阳。

天气好暖和。太阳就像那狗的舌头，一点一点地从他们的身上舔过。舔得他们身上的毛孔都一个个舒展了开来。

远处的山一座连一座，也极舒服地蹲在那儿晒太阳。

奶奶真的老了，和孙子正说着话呢，眼睛就眯上了，随即，那没了门牙的嘴里就发出了轻轻的呼噜声。

孙子觉得很无趣。以前爸妈在家时，院子里可热闹了，吃饭时，只要在场院里摆上桌子，那鸡呀狗的，都欢叫着在院子里跑来跑去，有时候，那做生意的就把蹦蹦车停在了场院中，村子里的男男女女，买货不买货，都会围着那蹦蹦车叽叽喳喳地说个不停。可现在，那份热闹一去不返了。爸爸妈妈出了远门，门前的树上连只鸟都不落了。孙子将手里握着的土坷垃掷向树时，听到的只是"叭"的一声脆响。

孙子不知道该做些什么，他跑到场院边对着一棵树撒了一泡尿，再用脚将一粒石子踢飞了出去，那粒石子就像一只鸟一样在空中飞了好远好远，突然就中了弹一样，一头栽在了前面的一座楼房的房顶上。孙子不害怕，就是那石子砸中了那楼房的玻璃，也没什么可怕的。他知道，那也是一座空楼房——房子的主人也像他的爸妈一样，出了远门了。

孙子孤寂地坐在了躺椅上，眼睛迷惘地向远处的那座山看去，很无助的样子。

突然，孙子的眼就亮了一下，仿佛黑夜里飞起的一星火。他连忙摇醒了奶奶。

"奶奶，你看那山上是啥?"

孙子其实还很小，对啥事都有些好奇。

奶奶睁开昏花的眼时，脑袋还有些迷糊。太阳有点耀眼，她就手搭凉蓬向孙子指的方向看去。

奶奶说，那是寨子，解放前住土匪的，后来土匪走了，村子的男人就去那里躲壮丁……

孙子有些急了，说，不是，不是。那我知道，你都给我说了一百遍了，我说的是那儿，你看，是那儿。

奶奶再次抬起昏花的老眼，这次，她顺着孙子指的方向看了好久好久。

噢，你问的是那东西。那是炼铁炉。五八年，全村的人都集中在那儿大炼钢铁，吃共产主义饭呢。

不是不是，这你也说过了，奶奶，我说的是那东西。

奶奶这次看得很认真。山里的许多事，是给孙子讲过的。但讲过也就忘了。再有机会，她总会又讲。过去的事她记得太清楚了，只是眼前的事，她反倒有些记不住了。再说了，村里的年轻人都到山的那边去了，寂寞了总得说点什么吧。

奶奶看了一会儿，忽然间恍然大悟了。

对了，对了。你问的是那东西？我怎么以前就没和你讲呢？那是碑。那年修从山里到山外的公路时，半拉子山崩了，死了好多人……这次，奶奶讲得很投入，她讲着讲着，老花的眼里竟然有了泪。

孙子有些不耐烦了，可当他看见奶奶眼里的泪时，口气软了许多。

奶奶，你怎么又哭了？每次你一讲到那碑，那公路，你就哭。

其实，在奶奶的心里，她恨着那条路呢。那条路夺去了她丈夫的命，又是那条路让她的儿子和媳妇背井离乡去了山那边，丢下年迈的她和年幼的小孙子。有时她想，人要那么多的钱做什么呢？一家人在一块多好呀！可儿子和媳妇就不那么想。他们和村里的那些年轻人一道，年初出去，年尾才回来。

孙子有些不依不饶。

奶奶，我是问那个地方的那个东西。

奶奶用手抹了抹眼上的泪，只好又抬起头向远方看去。奶奶根本就看不清那远处的东西了。她老眼昏花的，常常错把眼前的树当做人呢。她之所以能把远处每一座山上的东西说得清清楚楚，是因为那每一件事她都经历过。她是凭着记忆向孙子述说呢。

奶奶看了好久好久，当然什么也没看清，她终于有些泄气了。孙子呢，他一直以为他看见的是从山那边走来的人呢，看了许久，才明白，那不是。也有些泄气了。

奶奶的呼噜声再次响起时，孙子也就睡了过去。

太阳很暖和，有一串口水正从孙子的嘴角淌下来，有一瞬间，太阳光刚好反射在上面，竟然是那么的晶莹透亮。

小小说麦田的守望者

——芦芙荭印象

杨晓敏

上世纪九十年代中叶，新兴的小小说家族经过十多年的孕育，已营造出良好的发展空间。早些时间出道的小小说专业户们，历经数年披荆斩棘的辛勤拓荒，在留下那些打上时代烙印的代表作品后，由于种种原因，矫健的步履开始变得蹒跚，除极少数常青树还摇曳多姿外，大都逐渐淡出读者的视野。

然而，由小小说文体所带动的全国性的精短时尚阅读，需要更多的小小说写作者参与其中。这时候，以《百花园》《小小说选刊》为主阵地的中国小小说中心已现雏形，倡导并且规范，原发加选载，"两刊"搞征文、办笔会、出增刊，研讨、评奖等活动比肩接踵，产生着深广的影响，不仅使小小说创作领域没有出现"断代"的饥荒现象，而且在星罗棋布的作者队伍中，通过层层"选秀"，培养扶持，坚持打造着支撑小小说高度的中坚力量。事实证明，小小说舞台的帷幕永远都敞开着，谁有能力，谁就可以尽兴地登台亮相，谁表演得好，谁就能长时间赢得观众的喝彩。当然，优胜劣汰的自然规律也运转启动，谁落伍了，也只能无可奈何地隐至幕后。

1995 年底，芦芙荭发表小小说作品《一只鸟》，以此奠定了自己在新锐作家群里无可置疑的地位。至今十多年过去，即使重新审读这篇杰出的作品，依然令人感到耳目一新，振聋发聩。《一只鸟》叙述了一位法官因错判一件冤案，退休后良心始终不得安宁。他在鸟市觅得一只叫"阿捷"的鸟，从鸟的主人手中购回放生，殊不知，他当年冤死的阿捷，正是鸟的主人的儿子。那只"鸟"是老人对儿子无尽的眷念，它使老人失去生活中的儿子的同时，又撕碎了老人精神上的寄托。通篇结构清晰流畅，容量巨大，文字精湛，悒郁的语调蕴含着人性深处的忏悔，是对非理性时代职业道德缺失的泣血控诉，堪称小小说反思作品的典范。在《百花园》一经刊出，立即引起好评无数。此"鸟"一鸣惊人，一飞冲天，荣获 1995－1996 年度全国小小说优秀作品奖，永久性地栖落在当代小小说经典的凌烟阁上。

随后的几年里，芦芙荭以他极佳的文学潜质，勤奋笔耕，相继发表了《守望》《大哥》《三叔》等近百篇作品，多次获奖并入选各种精华本。其严肃的写作态度，天赋的艺术感知力，快速攀升着小小说写作的高度。按照恩格斯的说法，人首先要解决好吃穿住的问题，才能更好地从事上层建筑即精神层面的事情。由于家境贫寒的缘故，芦芙荭操练着小小说，为改善自己的生活窘况，凭借一枝生花妙笔，从县城写到市里，又从市里写到省会，一路走来，在提高自己文学品位的同时，把自己的人生旅程也创造得有声有色。小小说之所以称为平民艺术，之所以能让无数青年才俊魂牵梦绕，欲罢不能，其魅力之一，就在于小小说的写作，能直接参与解决好那些世俗的现实的问题。这决不等同于一般意义上的功利主义，反而比空谈理想要高尚务实多了。因为小小说写作的成就和生活中的精明干练，芦芙荭被一家故事刊物聘为主编。熟悉这本杂志的读者都知道，它内设一个叫"小小说展台"的栏目，在连篇累牍的故事堆里尤显突兀夺目。这一小块被精心呵护的自留田，倾注着一位小小说作家弥深的情结。

芦芙荭有着清醒的小小说文体意识，谋篇布局，习惯于红线穿引珍珠，极富巧意，多有玄机。他的文字明净简练，闲笔不闲，如秋色白云，意境高远，显示出对读者的格外尊重。《大哥》写乡民面对都市虹霓的现代生活，自觉催醒着浑噩的身心。《三叔》不惜以"窝里斗"的劣性形态，以对平庸的世俗生存进行激奋抗争。《守望》像一首田园诗，貌似浪漫温情的背后，幽咽地传导出乡村贫瘠爱情的咏叹调。新作《飞向空中的盆子》在童话般优雅的氛围里，叙述着孩提时一场令人心悸、一触即发的恶作剧。人世沧桑，往事钩沉，当我们蓦然回首，曾几何时，命运之不测，人生之甘苦，会有多少酸甜苦辣值得咀嚼喟叹？或许正是那些"偶然"事件或"瞬间"骤变的记忆，会一再刺激我们的神经，让我们在惊愕中反刍流逝的岁月。钟情小小说写作的芦芙荭，而今又有了几年新的生活积累，可以预期，重来一次井喷式的灵感爆发也未可知。

小 小 说 的 芦 芙 荭

侯德云

芦芙荭说："我是一个糊里糊涂的人。"

真的吗？

十五岁，他糊里糊涂考上了一所师范学校。毕业后，又糊里湖涂来到一所偏远的山村小学教书。紧接着，他糊里糊涂地爱上了文学。

一场大雾之中，他独自一人，糊里糊涂爬上了塔云山。雾散时，他坐在山顶向下一望，惊出了一身冷汗。

芦芙荭说："我觉得，人在有些事情上糊涂一点是好事。如果对任何事情都看得过分明白，反而会弄得束手束脚，裹足不前。"

这哪像一个糊涂人说的话。

我由此断定，芦芙荭是一个聪明的糊涂人。

芦芙荭的聪明在读小学的时候就已经初露锋芒：为了向同桌的女孩子表达自己的好感和友情，他把人家的小辫子绑到了桌腿上；想当又当不上"红小兵"，怎么办呢？他用嘹亮的哭声逼着母亲到破庙里弄了一块"老爷红"，缠到脖子上，假装是红领巾……

爱上文学以后，芦芙荭变得更聪明了。每一次伏案写作，他都要准备一瓶好酒放在身边，写得顺手了，一高兴，端起酒瓶喝一口，说是"鼓励一下自己"；写得不顺手，一生气，也要端起酒瓶喝一口，还说是"鼓励一下自己"。就这样鼓励来鼓励去，常常，一篇文章没写完，他就烂醉如泥了。芦芙荭的芳邻陈毓悄悄地告诉我，有一次醉酒后，他的屋子里闯进了一只美丽的小狐仙……

芙茳把小小说写出了名堂之后，他的聪明就有了些"绝顶"的迹象，连侯德云都感到有些吃惊。那一天，他和侯德云并肩走在郑州大学的校园里，一个年纪很大的人，冲过来紧紧握住他的手，激动了一阵子，说："芦老师，你的《二姑给过咱一袋面》写得太好了!"他愣了一瞬，笑了笑，很谦虚地说："不好不好，人家侯德云的《一只鸟》写得才叫好呢。"

芙茳是一个很有生活情调的人。他幽默风趣，善于自嘲。他的聪明决定了他什么时候应该糊涂，他的糊涂又把他的聪明映衬得闪闪发亮。他从生活中学会了怎样生活，又从写作中学会了怎样写作。他从来没有刻意追求过什么，"一切都随缘而行，喜欢了就去做。写小小说也是这样。"

芙茳的小小说，我几乎每篇都认真读过。读过以后才知道，我为什么会喜欢他。就像我喜欢蒙田和梭罗一样，我喜欢他的哲学头脑。他的小小说是生活哲学的一种形象化的委婉表达。

美国学者寒哲先生说过这样的话："真正的作家其实都是哲学家。"我赞成他的观点。

从芙茳的作品里，我看到了一个生活哲学的研究者所应该拥有的素质：1. 他是靠直觉而不是靠推理来获得思想。2. 他面向痛苦和绝望的个人，探讨生命的意义。3. 他把读者带到自己的灵魂深处，与读者分享他的生活体验。4. 他企图理解生活，并暗示人们应该怎样生活。5. 他的作品具有很强的大众性、深刻性和现实性。

现在让我们一起来解读芙茳的作品。

《一只鸟》：一个退了休的法官为了良心的安宁，放飞了一只叫"阿捷"的鸟。他不知道，他的这一举动，又一次夺走了"盲眼老人"的"儿子"。芙茳告诉我们，任何一种方式的利己，都会对另一个心灵造成伤害。

《大哥》：换一个位置，比如，来到城里，"站在立交桥上"，重新审视自己的生活，我们也许就会像"大哥"那样深刻地领悟到，我们曾经孜孜以求的东西，其实是那么无聊。

《三叔》："三叔"帮助"家旺"，是一件顺理成章的事。一个人，突然失去了强有力的对手，他同时也很有可能失去生活的方向。从这个意义上说，有时候，一个人对另一个人的帮助，实质上也是对自己的帮助。

《死亡体验》：对各种各样死亡方式的目睹，都会使我们在一瞬间改变对生活原有的看法。这样的体验我有过很多次，小说中的"男人"和"女人"也体验到了这一点。

《守望》：生活中似乎并不存在真正的不幸。在这里，"小油匠"的不幸，却成了"长武"最美好的渴望。

《平衡》：我们要谨慎地对待生活中的每一件事，包括做一件好事。并不是所有的误会都需要解释，对于"小王"来说，沉默就是最好的解释。去做一件坏事吧，它会化解你心中的委屈。这些，都是《平衡》对我们的诉说。当然，它诉说的还不止这些。

不需要再解读下去了。芙荭所有的小小说作品，都是从哲学的视角来看待生活的，是哲学对生活的爱抚和亲吻。

芙荭说："我写小小说，几乎不受什么约束，也向来没有什么章法。完全是凭着一时的感觉随心所欲地去写。"

这是对的。所有生活哲学的传播者，蒙田、梭罗，都是"凭着一时的感觉"来发言的。然而，这"一时的感觉"，却是来源于长久的生活的积淀。

感谢芙荭。他让我们看到了小小说的另一种风景。

追求丰富的深度空间

王海椿

毋庸讳言，中国文学在当前整个世界文学中处于滞后状态，但有一个不容忽视的事实是，我国的小小说在世界上是处于领先地位的。当然，我指的是具有代表性的纯粹文学性的优秀作品。在中国有大批矢志于小小说创作的作家，芦芙荭就是其中突出的一位。

芙荭自1987起开始小说创作包括小小说创作，二十余年间，写出了大量的作品，多次被《小小说选刊》《短篇小说选刊》等媒体转载并入选多种选本，《一只鸟》还入选加拿大大学教材。《一只鸟》《三叔》分获1995－1996年度、1999－2000年度中国优秀小小说作品奖。2002年入选中国作协、文艺报等单位联合评定的中国当代小小说风云人物榜。几年前结集出版了《一只鸟》。近来芙荭的又一本小小说集《扳着指头数到十》即将出版，他给我发来了该书样稿，使我有幸先睹为快。虽然我和芙荭很熟，平时也零零星星地读到他的一些作品，但看完书稿，我还是大为讶异，因为不少作品我还没读过，读后使我对他本人以及他所营造的小小说世界都有一个新的认识。

首先，芙荭的小小说有一种童话美。童话美必需具备两个要素，一是想象力丰富，二是站在童心的视角。芙荭的很多小小说，便具备这两个基本点。他在观察世界时，就像个纯真的孩子，充满奇思妙想。人长大成熟了的悲哀之一，就是失去了童心。我欣喜地看到，芙荭没有丢掉这一宝贵的特质。孩子眼中的美与丑，苦与乐，喜与忧，与成人是两个迥然不同的体验。《飞向空中的盆子》《离奇的远行》《羊》《太阳·月亮》《游戏》

《卖哟嗄的人》等都是具有童话美的作品。小伍子将雷管放在木盆下面，诱骗我去坐，试图将我炸飞；去饥肠辘辘的姐弟俩把手中的一块馍馍当成太阳和月亮；我寻找丢失的羊，意外发现一个山洞里有好多又肥又壮的羊，但大人们去看时，却什么都没有，等等。《离奇的远行》中，木匠的儿子长根子在一节竹筒上蒙了一块蛇皮，制作了一把胡琴。胡琴做好了，只是缺一把能拉响它的弓。他说，只要有了马尾巴，胡琴就可以唱歌了。大宝说，离镇子四十里外的云镇有个马车店，养着几匹瘦马。大人们说，马瘦毛长。"听了这话，一根长长的马尾巴就在我们的脑子里唱起歌来。"这样的描写，一颗童心跃然纸上。当然，小说毕竟不是童话，它有时要比童话负载更多的东西，或者说更残酷，更能鞭打心灵的东西。我满怀希望地给鸟搭了个窝，可搭上鸟窝的那棵树却被父亲砍了，而爷爷烤火用的柴正是鸟窝！"爷爷对我的爱，远远超过了他对父亲、父亲对我。"可是，"望着火炉中将化为灰烬的鸟巢，我再也忍不住了。我对爷爷大喝一声：'恨你呢，爷爷！'"一颗受到伤害的童心，在这里爆破出了一种非常复杂的情感。在玩游戏中一个做了俘虏的孩子在地上画了一所美丽的校园，但这时候开过来一辆洒水车。司机望了一眼孩子面前的地面之后，笑了。"车慢慢从孩子身旁开过去，直到很远很远了，司机才打开水闸。于是整个街道就出现了一块干干的地面。"于是，"那孩子泪流满面地望着那地面上的校园。"对司机用墨不多，仅在结尾一点，却是全文的"眼"，人性美的光辉就在这个"眼"里闪现出来。

其次，芙荭擅长通过塑造个性化人物来表现主题，小则是个体命运的速写，大则是时代的侧影，这是其作品鲜明的艺术特色。有的写得很悲辛苍凉，有的则似一幕轻喜剧。这类作品的主人公都是些小人物，或是工人，农民，或是公务员，办事员，等等。他们有的在生活中循规蹈矩、小心翼翼，有的卖弄小聪明，要点小滑头，有的是条铁骨铮铮的汉子，有的陷入生活的泥淖、生存的窘境，但他们都是有血有肉的、丰富的人物形象。《三叔》《出气》《夏先生》《填空》等篇什中的人物都颇显个性，各具特色。村里有个叫三叔的人，提起村长，总是这样说："家旺……哼！"他和村长家旺在村里争争斗斗了几十年。可村长儿子开的客车突然坠落悬崖，车毁人伤，村长从此蔫头耷脑，"像一条死鱼一样连一个小浪花也没翻起。"三叔终于耐不住了，出人意料地借给村长一笔钱，让他重新买车跑运输。村长没有想到三叔会这样大度。其实三叔这么做的全部希望是："家旺能重新振作起来，像以前那样和他斗一斗，那样活着才有意思。"（《三叔》）把一个争强好胜的人物写到了极致。使其成为典型的文学形象。落魄画家夏先生离婚后和卖豆腐脑的司小妹结了婚，天天守在小摊前，抹抹桌子洗洗碗，闲下来时，就打打麻将。最后反而在艺术上取得了成功。（《夏先生》）为什么？无欲无求才是艺术的大境界。拐子好吃懒做，混进大队文艺宣传队，揽了个搭戏台子的差事。有一次他爬上桌子往幕布上挂毛主席像时，不小心摔了下来，可主席像却紧紧攥在他手里。这事被乡革委会知道了，拐子便成为宣传队的先进分子，红得发紫，拄着拐杖，四处作报告……农村土地实行承包制后，他才说出真相，自己的腿根本没摔坏，这么多年都是装的。谁知，当他丢掉拐杖想走路时，却一个趔趄跌倒了。那腿怎么也伸不直了，成了真正的拐子。（《拐子》）既写出了特殊年代的荒唐，也写出了人性的悲衷。

再次，芙荭善于发现生活的悖论。这在《手套》《平衡》《抓错了》《问候》等篇中得到充分运用。一个叫韩小飞的知青，本来可以推荐上大学的，却因修水利时戴了女友送的一双用旧毛线打的手套，而被另一个知青顶了。原因很简单，考察者在和他握手时，他的手不粗糙。考察者的逻辑是：爱劳动的手应该是粗糙的，韩小飞的手不粗糙，所以韩小飞不爱劳动。不爱劳动就是不爱集体，不爱集体就不能推荐上大学。（《手套》）办事员小王发现乡政府院子里有一堆小孩的粪便，别人视而不见，小王便去清扫。这样一来，众人都认为粪便定是小王的孩子拉的，书记还将他叫去谈了话。这显然是极为荒谬的。可因为这样的荒谬在生活中并不少见，所以被视为正常了。最后，小王真的让自己的孩子在乡政府大院里拉了一泡屎。"压在小王心底好久好久的委屈，总算才随着孩子那泡屎拉得一干二净。"真是黑色幽默，令人忍俊不禁，心底又不由得生出一丝淡淡的悲哀。副刊编辑康先生总是希望每天都能发生一些新鲜事，把日子弄得轰轰烈烈些，"他等待着有火星来点燃他。"可生活偏偏平淡无奇。于是，在一个顷

错出的姻缘

盆大雨的中午，他钻进了雨帘。结果不但招来同事的不解，还招来了妻子和警察，都认为他哪儿出了毛病。"难道我连淋淋雨的权利都没有吗？""康先生终于哭了。"康先生是为自己孤独的灵魂而哭，也是为我们生活的这个现实而哭。现实教给我们的是同化，是一致，而不理解、不容忍个性的存在。

以上这些艺术手法的运用，使芙荭的小小说创作具有开拓性、丰富性、深度性和广度性，在小小说领域独树一帜。

此外，芙荭的小小说特别注重创造独特的个性语言。世界上杰出的作家无不是语言大师。诚然，任何一种文学样式（及戏剧）都是必须注重语言的。但小小说因其短小更讲究语言的锤炼。芙荭的写作，有的注重细腻形象的描述，有的运用幽默调侃的笔调，整体贯穿的是跳荡的节奏感，读起来很有味道。《桂花》《扳着指头数到十》《古渡》《农庄》《父亲的剃刀》等简直可以当散文来欣赏。乡政府的老曹为了同出差回来的乡长打个招呼，绞尽脑汁，先是"咽下了嘴里饭，很响地咳了一声，如同守院的狗叫似的咳了一声"，乡长没理他，"老曹的心就像一页纸，呼啦啦被风刮到了空中，落不下。""丢了碗，老曹鼠一样在院里走出走进。"在短短的时间内，作者赋于老曹三个不同的物象，先是狗，既而纸，再而鼠，使一个巴结奉迎、谨小慎微的乡下小职员形象活灵活现。（《问候》）他写一个在梦中发了财的农民："花钱跟扔树叶似的"（《发财》）；他写四川人说话："总是把腔调拖得长长的，好像是春天里小河里的小蝌蚪，尾巴一摔一摔的。"（《小满》）他写铁匠铺："风箱长嘘短叹的呼嗒声终日响个不歇"，"村子里便响起了一长一短、一轻一重敲击铁块的声响，把整个冬天敲得干梆梆的。"这类形象化的语言在芙荭的作品中俯拾即是。

最后我还想说一点的是，小小说当然要短小，但并非越短越好。至今，还有很多人对小小说这一文体了解不够，在认识上存在很大的误区，想当然地把幽默、小品文等等同于小小说。据我自己的体会，至少有1000字以上到2000字左右，才是一篇小小说的合适长度，否则是无法表现出这一文体的文学特质和意味的。芙荭的这些小小说，多在1500字以上和2000字左右的，是个合适的空间。

倾听三秦大地的时代足音

——芦芙荭和他的小小说

寇 子

芦芙荭是个作家，也是个很有意思的人。首先是他的名字，我想全国也难找出和他重名的，三个字都带草字头，摇曳生姿，怪不得读者写信称其"芦芙荭小姐"。我是三年前认识他的，在《小小说选刊》领奖会上，其时他的《一只鸟》入围优秀奖，我才算把其人和其名对上号。接触芦芙荭，才知道他比我想象得更有意思。在这之前，我从未接触过陕西作家，虽然内心对"陕军"的作品充满了敬畏。那个地方出过秦始皇，更早的时候还有周文王，我家楼下有一家芦芙荭老乡开的米皮小店，赫然招摇着"文王造味，西岐一绝"的杏黄旗帜。一直到盛唐，陕西的文化、政治、军事足以俯视天下。汉唐雄风过后，文化中心东移，强悍之气渐弱，中华民族就老受欺负了。话说回来，我初见芦芙荭就暗自一惊，这秦川汉子好熟悉，似乎在哪儿见过。恍然之下，想起了秦陵那蔚为壮观的兵马俑方阵。诚然，芦芙荭很年轻，身姿挺拔，也颇英俊，但他的锋芒内敛的气韵和神态，仿佛活过了两千年似的，一望而知是黄土高坡的朔风和丰厚的三秦文化熏陶出来的，剽悍与文雅混为一体，傲气与谦恭兼而有之，此中深浅让你没法子一览无余。以我的经验，对这类混合型气质的人物你千万不可小觑。

果然，芦芙荭不断问世的作品验证了我的这种看法。他的小小说选材宽泛，主题复杂，要想理顺它是很困难的，知难而退如我者，也只好投机取巧，以漫谈方式与读者交流一孔之见。话说小小说圈子里对知名作家有类似梁山好汉那样的称呼，以代表作冠其名，如"女匪"孙方友、"端米"刘黎莹、"秋唱"侯德云、"六嫂子"郑洪杰等，"一只鸟"芦芙荭也位列其中。其实，我认为《一只鸟》并不能代表芦芙荭小小说的最高水平，从个人阅读来说，我更喜欢他的《大哥》。《一只鸟》之所以能在全国性的小小说评奖中入围，得益于它平实朴素的叙述风格，以及对两个老人晚年生活和交往中透出的浓浓的亲情和友谊。在这里，芦芙荭的语言是舒缓而富于人情味儿的，使读者近距离地、亲切地观察着老年人特有的生活方式。盲眼老人和他的那只漂亮的鸟，既是公园早晨的一幅和谐的图画，又是故事情节里的一个悬念，他为什么是孤苦伶仃一个人？他曾有过什么样的经历？他为什么把那只鸟儿叫"阿捷"？并且用父亲喊儿子那般亲昵的口气。另一个疑问来自于退休的老法官，从小说一开始，老法官就从内心与那位盲眼老人和他的鸟结下了不解之缘，并且因为这只鸟而成为朋友。老法官是个很古板的老头，却从心底生出了一种欲望——无论如何也要得到这只鸟儿！接下来发生的故事，一而再再而三地强化了这个欲望，老法官竟然打算掏万儿八千的巨款去购买这只普通的鸟儿，并且因为达不到目的而躺在了病床上。就在我们为老法官如此强烈的占有欲而百思不得其解（或可理解为老年人的怪癖）的时候，更令人惊讶的事情发生了，老法官在得到这只鸟儿之后居然把它放生了。于是，关于一只鸟的故事结束了，而在结尾引出了人的故事——一个名叫阿捷的青年的不幸命运。这个构思是奇崛而独特的，在我的阅读经验里从未见过类似的构思。阿捷无疑是盲眼老人的独子，唯一的亲人，他把对儿子的思念寄托在一只鸟身上，演绎出了这个前因后果埋藏很深的人间故事。退休老法官背负的良心债，只能让我们对他肃然起敬。假如他对错案麻木不仁哪还会有这个触及灵魂的故事。

　　芦芙荭的小小说如果以题材风格划分的话，大致可以分为两大类，一类是"讽刺与幽默"（以发表在《杂文报》上的居多），另一类是对社会人生剖析思考的"严肃文学"。我比较偏爱后一类作品，特别是刚才提到的《大哥》，很明显地具备了优秀小小说的特征。以我比较传统的眼光，好的小小说一要出人物，二要出故事，三要出思想，当然先锋试验小说另当别论。先看人物，我在为此文写的评点中说：大哥直性，大哥淳朴得可爱。"大哥因为心里高兴就多喝了几杯，醉了。他躺在床上时不时就笑出了声。"这是多么传神的细节，一下子让我们想起了那些很容易满足的、喜怒哀乐形之于色的乡下亲戚。在情节安排上，这篇小小说不搞悬念，不弄玄虚，从头道来，原来是大哥为着在农村老家的人事矛盾来城里找弟弟求援的。在我们看来大哥的思路十分可笑，求弟弟写一封信给书记专员，就能摆平你那鸡零狗碎的小矛盾吗？然而大哥自有他的逻辑，乡下人直来直去，习惯用直截了当的简明方式观察事物，比如大哥对城市公园动物园的看法。这篇小小说如果仅仅讲述了这些浅层次故事也就没有什么思想力度了，不料峰回路转，在哥俩登上现代化的城市立交桥上俯视人间夜景之后，大哥被深深震撼，产生了哲学意义上的思考。想到家乡那贫瘠落后的地方，还像蚂蚁打架那样争权夺利明争暗斗，真是没意思透了。大哥的思想认识一下子升高了一个层次，也使这篇作品的主题趋于鲜明和深化。《大哥》给我们的小小说写作者一个启示，描写生活、再现生活绝不能仅仅停留在表层，所谓深层开掘就是把你的故事、你笔下的人物放在历史发展和社会学角度去观照思索，让故事插上思想的翅膀。

与《大哥》比肩而立的还有一个《三叔》，这篇小小说曾经在我们编辑部引发了一个小故事：今年第二期《小小说选刊》选载此文时，我有感而发，自告奋勇，写了五百字的评点，自以为摸到了《三叔》的脉搏，归结为"窝里斗"又一例。不料主编看了评点颇为不满，当面向我指出评点缺乏认识深度，没有看出作品的复杂性，把三叔这个人物简单化了。我反复端详，自我感觉仍然不错。需要说明的是，主编很少对"寇子评点"提出非议，自忖作评是严肃认真的。争辩时，主编一语中的：你写的评点最大谬误，就是用你自己的人生哲学去套三叔的人生哲学，你不觉得这样好斗的人物也是历史发展的一种动力吗？我听后细细思量，感到不论从哪个角度看三叔，都不失为农村的精英人物。遂对评点做了改动，特意指出三叔以德报怨，帮他的对手家旺东山再起。其实这一笔忽略不得。遗憾的是，这样难得的题材和人物，芦芙荭没能充分展开，似乎少了一个两个重要情节，特别是围绕着"斗"字展开矛盾冲突的情节，从而在一定程度上削弱了作品内涵，以作者的功力，本来是可以把它写得再丰满厚实些的。

文学圈内说死亡和爱情是永恒的主题。芦芙荭当然也未能免俗，亦有部分作品是直指这两个主题的。《水水之死》和《死亡体验》这两个篇名，一望而知都涉及到死亡。初读《水水之死》的时候，我就暗自叹息说农村少妇太不懂得珍惜自己的生命了，在区区5000元钱和外出打工不归的丈夫之间，她的情感之弦、生命之弦显得那般脆弱，稍一绷紧就"啪"的一声断裂了。而同样具有悲剧性命运的《死亡体验》中的一对男女青年，最终却出人意料地以喜剧性结束了自杀行为。生与死往往是很偶然的，人生命运的变换往往系于一念之间，而体验死亡的人才更懂得生命的珍贵。此类题材芦芙荭涉及不多，但也能够看出他独立思考的痕迹。

讽刺与幽默是最能体现一个作家的才华的，在这方面芦芙荭显得驾轻就熟。他的《轻松》《午夜热线》和《花开花落》均属于这种风格（顺便透露一下，芦君很能讲笑话，每次见面都能拿出点干货）。他的这一类小小说有个特点，那就是时代感很强，从现实生活中挖掘出人们司空见惯又极不合理的现象，对官场的弊端、人性的弱点、"集体无意识"予以巧妙地揭示和抨击，读后令人一笑之余，又思索着其中的内涵。

芦芙荭小小说总的来说质量比较整齐，没有明显的败笔，但也可以看出他由于各时期创作心态和环境的不同，一些作品谋篇布局过于仓促，草草收兵，以致影响了整体水平，像刚才提到的《三叔》。他的最大优势是目光敏锐，总能从生活中捕捉到新鲜的信息，选材很准。聆听着三秦文化的古老遗韵，又在上海戏剧学院受到现代艺术熏陶的芦芙荭，是应该被小小说爱好者寄予厚望的，我相信，他的最好的作品还在后面。

引人注目在男孩

——芦芙荭作品印象

曹 河

写这篇小评，题目斟酌再三。先是想写"最是难得有童心"，觉得以"童心"二字概括不妥，又想写个"道是男孩最动人"，又觉得"动人"二字概括不准；最后写下现在这个题目，当然也未必尽善，但譬如射鹄，"虽不中，亦不远矣！"若问怎么总围着"童心"、"男孩"兜圈子？答案也简单，读这一组芦芙荭的作品，挥之不去的形象是：男孩。

也许纯属巧合，芦芙荭自选的这十篇作品中有六篇是直接写男孩的，计：《叫我一声哥》《仓仓》《爱情》《太阳·月亮》《扳着指头数到十》《回头》，主人公里都有男孩，便组成一幅呼之欲出的男孩群像。而且余下的四篇：《捉奸》中布置圈套的民兵连长宗仁和中人圈套的长平，《发财》中梦想成真发了财却疯了的长勤，《狗》中养了只认食不认人或认人只认声的狗的长富，《劝婚》中好心成全终因切身体验明白不可强求的村长，说来也都能算做大男孩；甚至用《天真的答案》代创作谈，使名字像个女孩子的芦芙荭也现出实属一男孩的本相。

男孩，是相对于男人而言。男孩，是个十分不成熟的男人。这个不成熟，并不能用幼稚二字代替，因而与"成熟"相伴的还有成性、成气候，还有圆熟乃至圆滑，总之少了天真，多了世故。男孩不然，男孩童心犹在，赤子之心依然，璞玉浑金，清净莲花，两眼天真看世界，"一片冰心在玉壶"。试看《叫我一声哥》中那虽被称为"男人"的男人是如何更像男孩的，"他的种种邪念"是生理上的，但"都会神不知鬼不觉地被女孩那单纯的样子，驱赶得一干二净"则是心理上的，心里还有一方"单纯"的净土；《仓仓》就更明了，他那虚幻的谎言，自我编织的绯色的梦，说是欺人，不如说是自欺，只能处于生理上的成熟而心里非成熟的男孩（或女孩）——这两个人物，有年龄上的差距，但都未脱尽男孩气，有几分可笑甚至可怜，但还不至于可鄙或可憎，而到了《爱情》中青春不再时，终于寻到那当年的女孩撕碎的梦——纸船，多少有些淡淡的哀愁；《太阳·月亮》中姐弟俩的相濡以沫之情，真能催人泪下；《扳着指头数到十》营造出来的浓郁的骨肉亲情，更由于"我"这个男孩偷吃了鸡蛋平添了喜剧色彩；《回头》里不回头的绝然……无一例外。都让人看到的是，男孩的天真，男孩的善良，男孩可贵又可爱的童心，令人想到李贽在《焚心·童心说》中的话："夫童心者，绝假纯真，最初一念之本心也。"应该说，"绝假纯真"是人类最美好的感情，如果没有世俗、世故之染，就没有宝二爷那"男人是泥做的骨肉"之叹了。

宝二爷那话，被人讥为"孩子话"甚至是"疯话"，但那又确实是实话。从男孩到男人，虽然有成熟之得，但也有纯真之失，而古往今来，被人称为好人的男人，大多是保留了难得的纯真，或用另外两个字：童贞，这才有怀瑾握瑜，这才有"禀天然不渝之操，体蓝石芳监之质"……但世风日下，人心不古，社会就是个大染缸，涉世愈深，染成乌七八糟的可能就愈大，大了的男孩因为已近男人，就难免"泥做的骨肉"将成，便距"山川日月之精秀"愈远，而距"浊臭逼人"、"渣滓浊沫"愈近，于是就有了《捉奸》中民兵连长宗仁的工于心计，《狗》中长富的防人之心——不过，又终究是大男孩而未成十足的男人，所以只能玩些"小儿科"的把戏。

比较而言，我更偏爱《太阳·月亮》和《扳着指头数到十》中的男孩（当然，前者中还有同样十分可爱的女孩）。首先因为这两篇作品都具有浓郁的诗情画意（又当然，此外的作品也有进入诗画之境的，如《回头》中，"那月就变成的一把小梳"、"那弯弯的月儿就是一把亮亮的镰刀"皆得情景交融之妙），但我觉得这两篇作品中的男孩，才是我心目中的男孩，说他们如璞玉浑金，但他们又不是浑噩不知人间事，说他们如清净莲花，但他们又实在不是生活在极乐世界的净土，他们或许会早熟，却由于人间挚情的浸润，告别童年未必会永别童心。也正因为这两篇作品，使我自以为能够走进芦芙荭，听到他那颗如男孩般跳动的心音，袁牧说："诗人者，不失其赤子之心者也。"——愿以此语赠芦芙荭君。

然而，又不得不说尽我的意思，通读这十篇作品，我有语言尚待进一步讲究的希望，并认为细节也有值得推敲处——前者的例子就不必列举了吧；后者以《爱情》为例，谁都知道"高考制度恢复时"是 1977 年，说"一转眼工夫几十年就过去了"，不确，而且即使那时是大龄青年已"而立"，但二十年后始"知命"之时，高中同学的女孩便已有了"大约有四岁的小孙子"，这个账能把人算糊涂。

丑话在先，以"引人注目在男孩"为题论芦芙荭的小小说创作，未必尽善。但也事出有因，就此借题发挥：一是想说，写男孩可以作为一种选择，《哈克贝利·费恩历险记》写一个顽童，却是马克·吐温的代表作之一，但不是唯一；二是更想说，写男孩与不写男孩的作家都应"不失其赤子之心"，马克·吐温写《哈克贝利·费恩历险记》时年已五十，十多年后写成《败坏了赫德莱堡的人》，那不是写男孩，但那种善于发现、道他人所不能或不敢的劲头，仍源于赤子之心——话扯远了，打住。

从生活中去寻找小小说的种子

——芦芙荭访谈录

芦芙荭　　任晓燕

任晓燕（《百花园》副主编，以下简称任）：艺术源于生活，但真正从生活到艺术又是一个很复杂的过程，你能结合自己的创作具体谈谈，怎样从生活中去寻找创作素材，再把它创作成小小说吗？

芦芙荭（以下简称芦）：有一位雕塑家曾就雕塑说过一句话，它的大意是这样的：好的作品（指雕塑）它本身就存在在生活中，我们用我们手中的凿子只是将包裹着它的多余部分凿掉，让它呈现出来。无独有偶，一位作家在谈到小说的创作时也说过类似的话：小说就像是出土文物，它的价值在挖掘。无论是"凿掉"还是"挖掘"，说白了，就是发现。

我们常说，艺术来源于生活。但不是所有的生活都能成为艺术的。就小说创作而言，从生活到小说的过程，其实就是作家从生活中发现小说的种子的过程。我这里所说的小说的种子，可能是一句话，也可能是生活中的一个细节，或许是其他的什么东西，但不管怎样，这粒种子它是能够激发作家的创作冲动的东西。

比如《一个新兵和三个俘虏》是我多年前创作的一篇小小说，激发我创作这篇小小说的那粒种子是我从生活中听到的一个细节。

有一次，几个朋友在一块谈到各自的中学生活时，一个朋友说了这样一件事：他说他的中学时代是在乡下度过的，当时条件十分艰苦，顿顿是包谷稀饭，菜是自己从家里提来的，不等到周三，菜就吃完了，剩下的几天只能吃白饭。尽管如此，他们班的男同学每次吃饭时，都会将自己从家里带来的菜放在一块让大家来共同分享。只有一个同学，每次打了饭提着菜桶，远远地离开同学，独自一人在那儿吃。有一天，是个周一，我的那位朋友实在是忍不住那种好奇，趁其不备，悄悄地溜到他的身后，想看看他到底吃的是啥好菜，这一看不打紧，我的那位朋友当时就愣在了那里：因为他看到那位同学面前的菜桶竟然是一个什么也没有的空菜桶。

这个细节深深地打动了我。我觉得这一只空菜桶，就像一枚针一样已深深地扎进了我的灵魂，触及到了人性的某种东西，它让我痛！

这只空菜桶就是小说的种子，它让我有了强烈的创作欲望。

在创作这篇小说时，为了将我感觉到的那种人性的东西更好地表现出来，我把小说的背景放在了抗日战争那个特殊的年代，一开始就把人物关系对立起来。我希望我的这粒小说的种子最后开出的花，不仅美丽——人性的美，而且要动人——打动人的灵魂。

其实，生活有时比小说更精彩。问题是我们怎样才能去发现它。

任：你的小小说，白描手法运用得比较多，好读而又不铺张。而小小说由于篇幅短小，就必须做到惜墨如金，你又是怎样理解这两者的关系的？

芦：文字从某种意义上来说，它只是我们表达某种意思的一种载体，就好比它是装水的盆，装粮食的筐，好的文字表达并不是要词汇多么的华丽，恰恰相反，好的表叙方式恰恰会让我们感觉不到它的存在，好比是一勺糖放进水里，它的存在，是因为水，我们看不见它，但我们却能从水中觉其味。

比如：我们去抓鱼，要拿"荃"（篓子），我们去抓兔子，要用"蹄"这种工具。但我们回家要吃的是"鱼"和"兔"，而忘了"荃"和"蹄"这两样工具，故而庄子说："得鱼忘荃，得兔忘蹄。"

因此，我觉得，一篇好的小小说，我们在阅读它的时候，你是会忽略它的文字的存在的，一旦它的文字在你阅读的时候不停地出来干扰你的时候，一旦它的叙述成了你阅读的羁绊的时候，它的叙述一定是不成功的。

文字的叙述真是个神奇的东西，好的叙述真的是可以让我们得意忘言的。它的音乐般的节奏，它云雾般的漫妙，好比让我们身处一个气场，只有到了我们看不到它却又能感觉得到它的时候，才是一种好的境界。

真的，一个好的叙述方式，就好比是一个优秀的歌唱家有了一个好的歌喉，他们对高低音的掌控总是游刃有余的，而一个蹩脚的歌手，当唱到高音的时候，我们就会发现他总是脸红脖子粗的，脖子上的青筋也会暴得老高。好的小说语言也是这样，它会四两拨千斤让你表达得是那样的轻松自如。

小说家的叙述文字，就好比是一个画家笔下的线条，当我们看到一幅画，我们看到的是画而忘了线条的时候，这画才称得上是画，如果我们看到的不是山水，不是人物，而是一个个线条，那画就可想而知了。

我个人认为，小小说的短，不是靠"惜墨如金"来控制的，更多的是素材本身的因素来决定。

任：你眼中的中国小小说的目前的整体水平是怎么样的？

芦：由于工作关系，这两年我写得较少些，但我还在不断阅读小小说。我发现很多成熟的作家都还在不停笔耕，佳作不断，更欣喜地看到一些更年轻的人加入到小小说创作队伍中来，常有让人惊喜的篇章。可以说，小小说这种文体经《百花园》和《小小说选刊》的不断倡导和规范，已完全成熟，产生了众多的优秀作品，在整个文坛独立一枝。可以毫不夸张地说，在华文小小说乃至世界小小说领域，中国的小小说文体都处于领先的地位。

任：你现在是一家故事刊物的主编，作为一个小小说作家，这对你编故事刊物有无影响？

芦：有的。小小说是纯文学，故事是通俗文学，我们知道，故事这种文体是由最初的口头传播演变而来。随着全民文化生活水平的提高，故事读者的欣赏水平也在提高，这就要求新时期的故事也要负载一定的文化含量。我编故事杂志，一方面照顾故事的可读性，一方面注重提高故事的文化含量，努力使读者得到身心愉悦和艺术熏陶的双重享受。我们的杂志已经办了十多年，发行量不断上涨，拥有广泛的读者群，说明我的这种尝试是成功的。

当然，由于我自己对小小说的挚爱，我在我的刊物上开了一个栏目叫"小小说展台"，虽然每期只刊发一篇小小说，但我的意图很明显，我是希望通过我的刊物，让更多的故事读者去了解小小说这种文体。

任：我们知道，小小说因为篇幅短小，容易操作，发表园地也相对多些，吸引了众多文学爱好者的参与，每年产生的篇幅可能数以万计，请问这是小小说繁荣和成熟的标志吗？

芦：可能问题没有那么简单。一方面，参与者多了，使得百花齐放，读者有机会欣赏到风格各异的小小说作品；一方面因篇幅短小，发表相对容易，又可能泥沙俱下，产生了一些粗糙之作，影响了小小说整体的质量甚至声誉（这里边有个奇异的现象，一个读者看到一篇质量不高的短篇小说，最多说这个短篇写得不好，可能不会下"整个短篇小说一团糟"的结论，而一篇很烂的小小说往往会引起人对小小说文体的片面认识甚至整体质量的质疑），所以作为一个小小说作者，不能只求数量，或者只图发表为满足，而应努力提高自己的文学素养，努力写出高质量的小小说作品。

任：一个小小说作者怎样提高自己的创作水平，写出高质量的作品？

芦：可以用"三多二少"来概括：多读书，多观察生活，多练笔；少些飘浮，少些急功近利。别无他法。

用自己的作品奖赏自己

芦芙荭

人生总是需要激励的。

上小学时，从第一次趁午休之机悄悄将同桌女孩的小辫子用绳子绑于桌腿上开始，我就成了老师批评教育的重点对象，以至于同岁的伙伴们都加入了"红小兵"，独独将我缓期执行。我不得不逼着母亲到破庙里去弄一块"老爷红"披挂于脖子上充代红领巾。

批评挨多了，我就最渴慕得到别人的激励和表扬。

参加工作后，我被分配到一所学校教书。我的主要任务就是让每个学生在各种会考、统考中拿高分，给学校换荣誉。偏偏我不是教书的料，总喜欢在课余时间偷偷摸摸写点小文章。这样一来，学生没拿上高分挨批评，文章发表了，领导说我不务正业照样挨批评，反正都是挨批评，我索性将我的业余写作公开化。

后来一个偶然的机会，我像一块"宝藏"一样被人发掘了出来。我被调往地区文艺创作研究室搞专业创作。我想，这次好好写点文章，或许能换回几句激励或表扬的话，可地方文化部门看重的是戏剧，戏剧易给领导脸上贴金。因此，你一年发表几十篇文章还不及人家"十年磨一剑"写的没人看的戏的分量重。于是，我就开始鼓励自己。每次写作时，我准备好一瓶酒放于手边，文章写顺了，我举起酒瓶喝上一口，鼓励一下自己；文章写的不顺了，我也举起酒瓶以示鼓励。不想，我是个不胜酒力的角色，有时，一篇文章还没写到一半，便被自己鼓励得醉如烂泥，一塌糊涂。

大约在1994年年初，我在写短篇小说、散文的同时，尝试着写了两篇小小说，投寄给《天津文学》，时间不长我便收到傅国栋先生的回信，傅先生在信中对我的小小说大加赞赏。这两篇作品发出来，《小小说选刊》很快就将其予以转载。之后不久，我去河北沧州日报社领一个小奖，有幸见到了《小小说选刊》主编杨晓敏先生，杨主编对我那两篇小小说又是一番鼓吹。从沧州回来我恨不得自己给自己发一张奖状。也就是从那时开始，我将写作的重点转移到了小小说。也就是从那时开始，我找到了一个很好的激励自己写作兴趣的办法：用自己发表过的特别是被《小小说选刊》等转载了的作品来奖赏自己。人总是需要激励的，特别是在你不顺的时候，自己奖赏自己也不妨是个好办法，何况这种奖又不带任何物质刺激！

　　一回头，十几年时间过去了，我写的小小说并不多，但却给我换回了许多赞美之词。记得每次和杨总编通话时，他总会在适当时候说一句：你那几篇东西还行！我想：还行就是可以，可以就是不差，那么不差肯定就是好了。好了就接着写吧！

天 真 的 答 案

芦芙荭

上小学时，老师曾在课堂上向我们提了这样一个问题：林子里有十只鸟，"砰"地一枪打死了一只，林子里还有几只鸟？

我觉得这是一个极简单的问题，便不假思索地脱口答道：林子里还有九只鸟。

哄的一声，全班的同学都笑了。

不用说，一定是我的答案错了。不等老师开口说对或是错，我立即纠正道：林子里还有一只鸟。一只死鸟！

我正为这个答案而沾沾自喜时，又是一阵哄堂大笑。笑声中还夹杂了几个同学的声音：真是大笨蛋一个。

老师也笑了，说：芦芙荭，你再动脑想想。

我绞尽脑汁，苦思冥想，实在想不出来。

老师便让另一个同学起来回答这个问题。那个同学站起来，朗声答道：一只鸟都没有了。答毕还得意地望我一眼，嘴角扯起一抹轻视的笑。

老师说：你听明白了吗？

我说明白了。但我心里对这个答案仍不服气。我坚信林子里是有一只鸟的。一只死鸟。

多年后，我也有机会做了教师，我也曾用这个问题考过我的许多学生。我多么希望我的学生中能有人回答林子里有一只鸟的。可是，没有。一个也没有。他们几乎都是清一色的答案：林子里一只鸟也没有。甚至连说林子里有九只鸟的都没有。

我的学生们真的有点过于聪明了。

后来，我才知道，我的学生们几乎在他们刚一懂事时，他们的家长已拿这个问题考过他们，并且告诉了他们关于这个问题的同一个答案。

我心里隐隐感到有些悲哀。

我的女儿懂事了。上学了。几次我都想用这个问题去考考她。但终究没有。我不知道，如果女儿真的答不出这个问题时，我是该告诉她林子里没有鸟呢，还是告诉她林子里有一只鸟（一只死鸟）。想不到的是，那天女儿放学回来后，却兴冲冲地拿这个问题来考我。我想了一想还是说，林子里有一只鸟。一只死鸟。女儿听了我的这个答案，起初感到非常惊讶。她说：爸爸，你真是个大笨蛋。那枪一响，鸟早就吓飞了。林子里还会有鸟吗？我说，吓飞了的是九只活鸟，那只死鸟该是落在林子里的。女儿想了想就笑了。

又是一天，女儿放学回来，突然对我说：爸爸，你的答案也不一定正确。我问她为什么，她天真地说：今天上课时，老师给我们讲了"惊弓之鸟"这一课，假说这十只鸟中，有一只曾经是受过惊吓的"惊弓之鸟"，那枪一响，还不把它吓死？所以说，这个问题还有一种答案：林子里有两只鸟，一只是被枪打死的，另一只是被枪声吓死的。

这次，该我感到吃惊了，我为女儿这个天真的答案而惊喜。我不得不承认，女儿这个天真的答案对我写小小说不无启示。

创 作 年 表

（主要作品）

1991 年

短篇小说《六月天》荣获《女友》《文友》青年文学大赛三等奖

1992 年

短篇小说《包谷地》荣获《湖南文学》青年文学大奖赛二等奖

散文《小站》获《商洛日报》纪念讲话发表 50 周年征文二等奖

大型现代花鼓戏《倒流河》被搬上舞台

1993 年

《拐子》荣获《青年作家》全国小小说大奖赛一等奖

1994 年

散文《小河的水清又清》荣获《女性天地》杂志社恋爱故事征文一

等奖

1995 年

《佛》荣获"亚龙杯"全国小小说大赛三等奖

《一个新兵和三个俘虏》荣获《百花园》杂志社第四届全国小小说大

赛二等奖

出席陕西省青年文学座谈会。

1996 年

短篇小说《小芸》荣获"恒泰杯"乡土文学大奖赛优秀作品奖

《回家》荣获《文学世界》第二届"宏祥杯"小小说大赛三等奖

《岁月》荣获《鄂州日报》征文特别奖

作品入选《中国当代小小说精品库》

1997 年

《一只鸟》荣获《小小说选刊》95—96 年度全国小小说优秀作品奖

2000 年

《大哥》在《百花园》杂志社举办的 98 年度优秀小小说作品读者推荐活动中，被评为优秀作品

作品入选《小小说五星连环》

2001 年

《三叔》荣获《小小说选刊》1999—2000 年度全国小小说优秀作品奖

2002 年

在中国作协、文艺报、小小说选刊、百花园联合举办的"中国当代小小说风云人物榜（1998—2002）"评选活动中，荣获"小小说星座"奖

2003 年

小小说作品集《一只鸟》出版发行（北方妇女儿童出版社）

荣获"金麻雀"提名奖

2004 年

《一只鸟》《大哥》《死亡体验》入选《中国新时期微型小说经典》

2005 年

短篇小说《吹小号的男人》入选《21 世纪中国年度小说 短篇小说》，（人民文学出版社出版）

《一只鸟》入选加拿大大学教材

2006 年

短篇小说《吹小号的男人》入围柳青文学奖

2007 年

出席第二届中国小小说金麻雀节

出席陕西省第五次作代会

荣获"首届全国小小说作家巡回展"一等奖

2008 年

小小说集《扳着指头数到十》由东方出版社出版（2008 年 8 月）

《一只鸟》收入《世界华文微型小说精选中国卷》（英汉对照）

2009 年

《一只鸟》入选《中国新文学大系》

《怀表》入选《新中国 60 年文学作品精选·小小说卷》（长江文艺出版社）

《一只鸟》《三叔》《收音机》《飞向空中的盆子》等四篇作品入选《中国小小说大系》

《收音机》荣获第十二届全国小小说佳作奖

出席第三届中国小小说节，并荣获"金牌作家"奖